참고 문헌

- 『현대 이상심리학-3판』 권석만 지음, 학지사, 2023
- 『(학교 현장을 중심으로 한) 가족 상담 이해와 활용』 김혜숙 지음, 학지사, 2020
- 『(느린 학습자와 발맞춰 걷기) 경계선 지능을 가진 아이들』 박찬선·장세희 지음, 이담 북스, 2018
- 『(DSM-5에 의한) 최신 이상심리학-2판』 이우경 지음, 학지사, 2016
- 『(DSM-5에 준하여 새롭게 쓴) 소아정신의학』 홍강의 외 지음, 학지사, 2014
- 『아동청소년 이상심리학-4판』 Robert Weis 지음, 정명숙·김진영·이새별·이수진 ·최은실 옮김, 시그마프레스, 2021
- 『학생정서·행동특성검사 및 관리 매뉴얼』 학생정신건강센터, 2024
- 『Diagnostic and Statistical Manual of Mental Disorders-5th edition-Text Revision (DSM-5-TR)』 APA (American Psychiatric Association), 2022

파출소를 구원하라

윈도 장편소설

파출소를 구원하라

나무옆의자

차
례

1장
첫 타석은 데드볼

1

　살해당해 토막 난 시체 사진이 스크린을 가득 메우자 여기저기서 신음 소리가 터져 나왔다. 송구도 일그러지는 표정을 감추기 힘들었다. 대부분의 사람들은 살면서 시체 같은 건 볼 일이 없다. 그리고 송구 또한 대부분의 사람 중 하나로 살아왔다. 적어도 오늘 수업 직전까지는 말이다. 교수는 교육생들의 반응을 예상한 듯 덤덤하게 사진 하나를 클릭하더니 무슨 속셈인지 피부의 절단면을 확대하기 시작했다. 무딘 칼로 고깃덩어리를 썬 것처럼, 혹은 핑킹가위로 종이를 자른 것처럼 변사자의 목은 단면의 테두리가 들쭉날쭉했다. 교육생들의 신음 소리는 점차 비명에 가까워졌다.

"이 모습을 똑바로 봐야죠."

손바닥으로 눈을 가린 교육생을 향해 교수가 매섭게 쏘아붙였다. 단호한 그의 표정 뒤편에서 핏빛 스크린이 일렁였다.

"저게 징그럽습니까? 아닙니다! 여러분들은 지금 사람이 죽은 모습에 익숙하지 않을 뿐이에요."

교수는 스크린 리모컨을 집요하게 만지작거리며 교단 주위를 차분히 왕복했다.

"경찰관이 시체가 징그럽다고 눈을 가리면 됩니까? 우리가 눈을 가리면 저 시체는 누가 살펴볼 수 있죠?"

"소방관이 이송하지 않나요? 현장에 시체 같은 게 있으면……."

교육생 중 한 명이 손을 들고 교수에게 질문을 던졌다. 어떤 대답이 나올지 몹시 두려워하면서도 동시에 결연한 의지가 엿보이는 태도였다. 교수는 냉랭한 표정으로 흉내에 가까운 웃음소리를 내고는 또박또박 답을 이어갔다.

"하하하, 절대요! 교육생 여러분들, 이거 하나만 기억하세요. 현장에서 만나는 소방관은 미디어에서 접하는 것과 아주 다릅니다. 실제 소방관과 경찰관이 처리하는 업무는 보통 사람들이 생각하는 것과는 무척 달라요. 우선 소방관은 죽은 사람은 건들지 않아요. 사망했다는 게 의료 기기로 확인되는 순간 그 길로 손 털고 가버립니다. 수습은 모두 현장에 있는 경찰관의 몫이죠. 라텍스 장갑이 없으면 맨손으로라도 바닥에 흩어진 뇌 조각들을 주워 담아야 한단 뜻입니다!"

질문자는 끊어진 장기를 맨손으로 주워 담는 상상이라도 했는지, 곧 울 것 같은 표정이 되었다. 교수는 모두를 느릿하게 둘러보더니 한 음 내려간 목소리로 말을 끝냈다.

"무슨 일이 벌어질지 모르는 게 현장입니다. 한시도 긴장을 놓을 수 없죠. 현장은 운전이랑 비슷해요. 긴장을 놓는 순간 사고가 찾아오거든요. 현장에서 필요한 지식은 어쩌면 여기 중앙경찰학교에서는 결코 배울 수 없을지도 모릅니다. 경험으로만 알 수 있는 것들이 있죠. 비가 많이 오는 날에 브레이크를 밟으면 차가 멈추지 않고 수막현상에 의해 오히려 바퀴가 돌아버릴 위험이 있다는 것도 운전 경험에서 체득하는 것처럼요. 직접 빗길 위에서 빙빙 돌아보지 않는 이상은 백날 얘기해봐야…… 귀에 들어오지 않으니까."

교수는 마침표 찍듯 강하게 "잘 기억하세요."라고 선언하며 수업을 끝냈다. 송구는 옆자리에 앉은 해랑의 얼굴을 바라보았다. 해랑은 시체를 낱낱이 촬영한 사진에서 눈을 떼지 못하고 있었다. 그건 결연하기보다는 익숙함에 가까운 표정이었다.

2

"강송구! 뭘 멍하니 보고만 있어!"

자신을 붙잡고 얼른 정신 좀 차리라고 소리 지르는 해랑의 목소리에 송구가 퍼뜩 눈을 돌렸다. 해랑은 높은 목소리에 비해 평범하기 짝이 없는 표정으로 송구를 응시하고 있었다. 바로 옆에서 쏟아지는 고성이었지만 어쩐지 송구에겐 아주 멀리서부터 소리가 천천히 날아오는 것처럼 느껴졌다. 송구 근처엔 해랑 말고도 높은 소리를 토해내는 사람이 많았는데, 유독 해랑의 목소리만 생생하게 들렸다. 송구의 세상에서 살아 움직이는 사람은 반해랑 하나뿐인 것처럼.

"누가 죽었대? 누구야? 우리 아파트 주민이야?"

"백주 대낮에 저게 뭔 일이야!"

"경찰관님들! 어서 저것 좀 안 치우고 뭐 해요? 어휴, 애들 볼까 봐 무섭네……."

아파트 주민들이 '저것'이라고 지칭하는 건 불과 얼마 전까지 아파트 단지를 거닐던 주민이었다. 정확히 말하면 모종의 이유로 아파트에서 투신하여 화단 부근 노상 주차장에 주차된 차량 위로 추락해 사망한 변사자지만. 짐승은 죽어서 가죽을 남기고 사람은 죽어서 이름을 남긴다는데, 하루 아침에 비명횡사한 변사자에겐 이름 대신 인간미 없는 지시대명사만 난무했다.

"보소, 주민분들! 얼른 들어가시소! 이기 뭔 구경이라꼬 온 동네가 모입니꺼! 사람 죽은 거 봐서 머 할 낀데예! 퍼뜩 물러가십시다."

커다란 목소리만큼 투박한 경상도 사투리로 주민들의 접근을 통제하는 사람은 우당 파출소 2팀장 강정열 경감이었다. 팀장 포함 네 명이라는 단출한 인력으로는 아파트 단지 한복판에 떨어진 시체의 존재를 가리기 역부족이었지만, 두 명분의 목청을 뿜어내는 정열 덕에 아예 불가능하지는 않았다.

"변사자 신원은 아직 안 나왔나!"

정열이 뒤를 돌아보며 씩씩거렸다. 여전히 제자리를 찾지 못하고 멍하니 있는 송구를 대신해서 해랑이 잽싸게 대답했다.

"방금 문 주임님이 경비실로 가셨습니다. 변사자 사진 보여주고 바로 확인해본답니다."

"이 아파트 동 수가 몇 갠데 경비원이 주민 얼굴을 우째 다 알겠노. 주머니라도 함 뒤져봐라! 신분증이나 있능가."

정열의 지시가 떨어지기 무섭게 해랑이 변사자를 향해 뛰어갔다. 멀어지는 해랑의 뒷모습, 그 그림자에 꼬리처럼 매달려 있는 은은한 향수 냄새에 흩어진 집중력을 간신히 붙잡은 송구도 해랑의 뒤를 따랐다. 흰색 승용차 지붕으로 머리부터 떨어진 변사자의 몰골은 처참했다. 검은색 차량이었다면 주위에 튄 피와 살점들이 덜 보였을까 싶었지만 이러나저러나 끔찍한 건 매한가지였다.

"야, 너 장갑이라도 껴……."

맨손으로 변사자의 바지를 훑는 해랑의 모습에 놀란 송구였지만, 해랑은 송구의 태도가 외려 태평하게만 느껴졌는지 다소 한심하다는 표정을 지어 보였다.

"장갑 가지러 갈 정신이 어딨어? 그리고 평소에 갖고 다니지도 않잖아. 순찰차에도 없을걸?"

"그, 그래도……."

"야, 사람은 죽거나 살거나 둘 중 하나야. 죽은 사람도 결국 사람일 뿐이라고. 너무 겁먹지 마. 무서운 건 언제나 산 사람이야."

"……해랑이 너는 예전부터 잔인한 구석이 있었어."

"내가 이 사람을 죽인 것도 아닌데 뭐가 잔인해."

변사자의 외투까지 더듬거리던 해랑이 손바닥을 소리 나게 털었다. 별다른 수확은 없는 모양이었다.

"진짜 잔인한 게 뭔지 알아? 저 위를 좀 봐."

해랑이 가리키는 방향으로 시선을 돌리자, 아파트 복도 난간에 다닥다닥 붙어 변사자를 찍고 있는 주민들의 모습이 보였다. 누군가는 흥미로운 광경에 신이 난 듯 휴대폰을 들이밀고 있었고, 누군가는 옆 사람과 이쪽을 손가락질하며 속닥거리기도 했다. 대부분의 사람들이 복도 난간에 몸을 기댄 채 시체를 내려다보며 머물렀다. 도통 자리를 뜨는 사람이 없었다.

"저 사람들 말야. 이분이 살아 계실 땐 아마 관심도 없었을걸?"

송구는 정열에게 수색 결과를 보고하기 위해 걸음을 옮기는 해랑을 바라보았다. 해랑은 중앙경찰학교 시절부터 늘 같은 향수만 뿌리고 다녔다. 언제나 그가 있었던 공간엔 익숙한 향기가 자리를 잡고 있었는데, 그림자처럼 달려 있다 생각했던 그 향이 조금은 비릿하게 느껴지는 것만 같았다.

3

"변사자가 이 아파트 주민이라꼬?"

"네. 신고자가 아파트 경비원이고요. 복도 난간에 변사자가 앉아 있는 걸 보고 신고하셨는데 잠깐 고개를 돌리자마자 큰 소리가 났대요. 다시 봤을 땐 이미 난간에 있던 변사자가 없어졌고요."

"하이고야. 그 잠깐 사이에 뛰어내린 모양이네."

"신고 녹취 들어보니까 경비원 진술이 맞아요. 자살 기도자가 있으니 얼른 와달라고 하다가 갑자기 '어, 없네?' 하시는 게 확인됐습니다."

수첩에 기록한 내용을 정열에게 상세히 브리핑하는 사람은 같은 우당 파출소 2팀원인 문무건 경위로, 2인 1조로 짜인 파출소 순찰팀 체계에서 송구의 조장이기도 했다. 현장과 경비실을 바쁘게 오가며 사건을 파악한 무건은 더운 듯이마에 땀이 맺혀 있었다. 아직 꽃샘추위가 물러가지 않은 때라 날씨는 제법 쌀쌀했지만 통풍이 잘되지 않는 재질의 경찰 근무복이 내부에서 끓어오르는 열을 제대로 방출해주지 못하는 탓이었다.

"과수팀은 언제 오노? 무전 해봤나?"

"조금 전에 출발했다는데 시간이 좀 걸릴 것 같답니다. 지금 한강에 미성년자 변사 발생으로 거기에 다 출동 나갔대요. 여기랑 거리도 좀 있고 뭣보다 점심시간이라 차가 많이 밀린다네요."

해랑이 난처한 표정으로 대꾸하자, 정열의 심기가 불편한 듯 표정이 일그러졌다. 정열은 긍정적인 감정도 곧잘 표출하는 편이었지만 부정적인 감정은 아예 주변에 포효하듯 선포하는 경향이 있었다.

"돌아가신 분을 저렇게 계속 놔둬서 우짤 기란 말이고······."

정열은 턱으로 변사자를 가리키며 고개를 저었다. 변사 사건의 경우 혹시 모를 범죄와의 연관성을 파악하기 위해서라도 현장 보존이 최선이지만 지금처럼 많은 사람들에게 노출되게 마냥 둘 수도 없는 일이었다. 목격자도 있고 변사자 스스로 투신하는 과정이 담긴 CCTV도 있어 자살이 명백하니 우선 시신을 가리는 게 좋겠다는 무건의 판단에 따라, 송구와 해랑은 트렁크에 깊숙이 처박혀 있던 방수포를 꺼내 변사자를 덮었다. 원래는 시체포를 사용해야 했지만 우당 파출소에 보급된 시체포가 없는 까닭에 궁여지책이었다. 은박지 같은 돗자리가 아닌 게 어디냐며, 해랑이 낮게 말했다. 낡은 방수포가 바람이 불 때마다 위태롭게 펄럭이자 해랑은 화단에서 찾은 돌 하나를 방수포 모서리에 올려두었다.

"유족은 확인 안 된단 얘기제?"

"네. 이 아파트에서도 혼자 사는 걸로 확인됩니다."

"어차피 과수팀 오기 전까진 뭐 할 수 있는 게 없다 아이가. 과수팀이 와서 사진이라도 찍어야 시신을 옮길 수 있으니까······. 체크 리스트에 쓸 내용이라도 있어야지 않나? 무거이 니는 송구랑 해랑이 델꼬 변사자 집이라도 함 둘러보고 온나. 내가 여기 지키고 있을 테니까. 집 가보면 유족이든 유서든 일기든 뭐라도 하나 안 있겠나."

"팀장님 혼자서 괜찮으시겠어요?"

"쫌 있으므 대복이랑 치운이도 온다 캤다. 신고 하나 뛰고 온다 카네. 누가 뭐, 길에 있는 고양이가 아픈 것 같다고 신고했다는데……. 조만간 수의사 특채라도 하나 만들어달라꼬 청장한테 얘기해야 할 판이다."

"하하하, 수의사도 의사인데 대한민국 면허 중에 제일 좋다는 의사 면허 가진 사람들이 하고 많은 일 중에 하필 경찰관을 하려고 하겠습니까?"

"의사만 사짜가? 우리도 사짜 소리 듣는다 아이가. 경사 계급 달므 그게 사짜지."

무건과 대화를 나누던 정열의 인상이 아까와는 정반대로 밝아졌다. 송구와 해랑은 남의 기분을 풀어주는 재주가 있는 무건을 표정을 쫙쫙 펴준다는 의미로 인간 다리미라 부르곤 했다. 무건의 다리미 기술은 특히 정열에게 효과가 좋았다. 듣기로 두 사람은 오래전 형사팀에서 같이 근무를 했다는데, 그 옛날에 몸 부대끼며 일한 정이 있어서 다림질의 효과가 더 좋은지도 몰랐다.

"쏭구랑 해랑이는 아직 순경이니까 계급 두 개만 올라가믄 경사 아이가. 그래도 요새 순경들은 승진 시험 쳐서 금방금방 올라가뿌대? 세상 좋아졌다. 내가 순경 들어올 땐 경장으로 퇴직하는 선배들도 부지기수였는데……."

"팀장님 들어오시던 시절엔 경사가 파출소장 아니었습니까?"

"하모! 순경 때 내 소원이 경사 달고 파출소장 함 해보는 거였거든. 세월 참……. 지금은 내가 경감인데도 아직까지 방망이 차고 순찰이나 돌고 있네. 암튼 무거이 니는 야들 델꼬 변사자 집 함 가서 단디 살펴봐라."

정열이 방수포에 덮여 잠자코 있는 변사자를 바라보며 중얼거렸다.

"와 하필 여기로 떨어졌단 말이고. 이래 큰 서울에서 그리 갈 데가 없드나……."

4

한적한 우당 파출소 내부를 전화벨 소리가 가로질렀다. 보통은 순찰팀원들이 모두 신고 출동을 나가버린 상황에서 뚝심 있게 파출소를 지키는 사람이 파출소장이라 생각하겠지만, 그건 큰 오산이다.

"네. 우당 파출소 관리반 진용희 경위입니다."

주간, 야간, 휴무, 비번 근무를 순차적으로 소화하는 순찰

팀원과 달리 관리반은 파출소 소속이면서도 일근 근무를 맡는다. 신고 출동을 나가는 대신 파출소의 살림을 도맡아 하는데 파출소나 지구대의 규모에 따라 관리반의 구성원 수가 달랐다. 우당 파출소는 애석하게도 용희 혼자 관리반 직책을 맡고 있었다.

"……예? 내일 오전 아홉 시요?"

전화를 받던 용희가 황급히 곁눈질로 시간을 확인했다. 파출소도 엄연히 관공서인데 제대로 된 시계가 없는 게 말이 되냐며 분노하던 정열이 어디선가 얻어 온 LED 전자시계가 모처럼 용희에게 도움을 주었다. 지인의 모텔 개업 기념으로 받은 시계라는데 하단에 모텔 상호가 각인되어 있어, 여기가 명색이 파출소인데 숙박업소 상호가 찍힌 건 좀 아니지 않느냐는 의견이 빗발쳤었다. 정열은 기껏 사정해서 얻어왔더니 숟가락만 얹을 놈들이 감 놔라 배 놔라 한다며 다시 한번 분노했지만, 용희가 시계 색상과 나름 어울리는 마스킹테이프로 각인된 상호를 가리는 걸 딱히 제지하진 않았었다.

"지금 점심시간이 다 되어가는데……. 네……. 일단 알겠습니다."

용희는 수화기를 내려놓자마자 밀도 높은 한숨을 내쉬었다. 시계에 붙은 마스킹테이프의 끝단이 덜렁거리는 꼴을 보고 짜증이 난 건 아니었다. 접착력이 약한 테이프는 문이 열고 닫힐 때 이는 바람으로도 흔들리곤 했으니까.

"파출소 꺼지겠다. 가뜩이나 비 오면 바닥에서 물이 차오르는데……."

2층에서 계단을 내려오던 미래가 중얼거리자 놀란 용희가 자세를 고쳐 앉았다.

"소장님, 언제 오셨어요?"

"뭔 일 있어?"

"경무계에서 온 전화인데요. 내일 강송구 순경 승진 임용식 있을 거라고 행사 준비해달라네요. 아니, 어차피 날짜 박아두고 진행하는 행사인데 좀 일찍 말해주면 어디 덧나나요? 하루 전에 얘기해주면 어쩌자는 건지!"

관리반의 실질적인 업무 강도를 결정하는 건 사실 파출소나 지구대의 규모보다는 파출소장이나 지구대장이 누구인가에 달려 있었는데, 그런 면에서 우당 파출소장인 탁미래 경감은 모든 관리반이 원하는 상사였다. 3년간 우당 파출소의 관리반을 맡았던 용희도 미래를 만난 이후 안색이 바뀌어서, 무건보다는 오히려 미래가 진정한 인간 다리미라며 해랑이 송구에게 속닥이기도 했었다.

"서울청 경무에서 공문을 늦게 내렸나 보지. 일개 경찰서에서 자체적으로 하는 일도 아니잖아."

"자기들이야 매번 하는 일이니까 귀찮을 수 있지만 송구는 경찰 되고 처음으로 승진하는 건데 속상해요. 현수막도 주문해주고 싶었는데 바로 다음 날 행사라 주문도 못 하게 됐어요……."

용희가 볼멘소리로 투덜거리자 늘어지게 하품을 하던 미래가 씨익 웃었다.

"언제 한다는데?"

"경찰서 이 층 회의실에서 내일 오전 아홉 시에 한대요. 그나저나 오늘 순찰팀이 늦네요. 정열 팀장님이 매번 작전은 실패해도 배식은 실패하면 안 된다고 하셨는데……. 이러다 점심시간 끝나겠어요. 까다로운 신고가 떨어졌나?"

"떨어지긴 했어. 신고도 사람도……."

무슨 뜻이냐는 듯 용희가 돌아보자, 미래는 손가락으로 머리를 빗으며 말했다.

"방금 정열 팀장님한테 전화 왔어. 먼저 밥 먹으라고. 투신자살한 사람이 뭐, 아파트에 세워진 차 위로 떨어졌다나? 그래서 늦어질 것 같으시대."

"왐마, 뭐 그런 일이 다 있대요? 마른하늘에 날벼락도 아니고……."

"그러게. 하늘에서 내린 벼락에 맞는 것보다 사람한테 맞는 게 더 무섭네. 역시 뭐든 사람이 더 무서워. 그치?"

용희가 낮게 웃었다.

"제가 경찰관으로 일하면서 배운 거 딱 하나잖아요. 귀신
이고 나발이고 세상에서 제일 무서운 건 사람이라는 거."

5

"어라…….. 문이 열려 있네요."

문손잡이를 돌리던 송구가 놀란 듯 중얼거렸다. 해랑도
얼른 달려와서 송구를 거들었다.

"도어락을 수동으로 열어둔 상태예요. 일부러 이렇게 해
둔 것 같은데……."

"혹시 안에 누가 있을지도 모르니까 내가 먼저 들어가볼
게. 내가 부르면 그때 들어와."

경계 태세를 갖춘 무건이 조심스럽게 문을 열고 들어갔
다. 밖은 환한데 집 내부는 현관 바닥부터 천장까지 어둠으
로 가득 찬 모습이었다. 집주인이 죽었다는 사실 하나만으
로도 실내의 공기가 얼어붙은 것만 같았다. 집에 자리 잡은
물건들은 자신의 주인이 사라졌다는 사실을 알고 있을까?
송구는 해랑과 무건을 번갈아 보며 침만 꿀꺽 삼켰다. 해랑
은 중앙경찰학교 시절 짓던 무덤덤한 표정에서 조금도 벗어

나 있지 않았다. 같은 교육을 받고 같은 일을 하는데 혼자만 남들의 속도를 따라가지 못하고 어벙한 게 속상한 송구는 자신의 볼을 쓰다듬었다. 긴장으로 경직된 턱 근육이 뻐근했다.

"경찰학교에서 담력 테스트 같은 거 했으면 해랑이 네가 일등이었을 거야."

"그런 거 일등 해서 어따 쓰게."

"성적순으로 발령이니까 뭐든 점수 잘 받으면 좋잖아."

해랑이 송구를 보며 의외라는 듯 반문했다.

"넌 여기가 일 지망 아니었어?"

"네가 쓴다니까 나도 썼지. 몇 번을 말해……. 계속 듣고 싶어? 하긴. 나도 누가 나 쫄래쫄래 따라다니면서 고백하는 거 계속 듣고 싶긴 하다."

"웃겨, 진짜……. 내가 남자냐? 왜 따라다녀?"

무성의한 해랑의 대답에 송구는 조금 심통이 났다.

"너는 말을 해도 참……. 꼭 이유가 필요해? 그냥 최대한 오래 같이 있고 싶은 거잖아."

"야, 강송구. 여긴 회사야. 어디 대학교 신입생 환영회에 가는 길이 아니라고. 아까 죽은 사람 보고도 현실감이 없어? 우리가 회사에서 해야 할 일이 뭔지?"

차량 지붕에 추락해 사망한 변사자의 모습이 떠올라, 송구는 목 부근이 저릿해지는 으스스함에 치를 떨었다. 더 무서운 건 아직까지 변사자가 이송되지 못하고 여전히 그 모습 그대로 있다는 사실이었지만, 송구는 거기까지 생각이 뻗치지 않도록 애를 썼다.

"몰라. 일근이면 회사 느낌이 날지도 모르겠는데 교대 근무 하면서 하루에 두 끼를 같이 먹고 잠까지 같이 자니까 여기가 회사인지 극기 훈련소인지 헷갈려. 나 겁 많은 거 알잖아. 낯선 것도 싫어하고……."

"그래서, 겁이 없어지고 익숙해질 때까진 계속 따라다닐 거야? 어차피 우리 올해로 우당 파출소 이 년 차라 내년 상반기엔 무조건 옮겨야 돼. 그땐 어쩌게?"

어딘가 구부정한 자세로 어정쩡하게 서 있던 송구가 허리를 곧추세우고 똑바로 일어섰다. 그래봐야 키 차이가 상당했기에 해랑을 올려다보는 모양새였지만, 마지막 말이 몹시 섭섭했기 때문에 잠자코 듣고만 있을 순 없었다.

"야! 너는 항상 끝만 보냐? 지금 같이 있는 순간이 좋다는데 사람 무안하게 진짜……. 인생 다 살았냐? 어?"

그러나 해랑의 눈에 송구는 그저 변사 현장에서도 철없이 영원을 약속하자고 짹짹거리는 병아리처럼 보일 뿐이었다. 때마침 안쪽에서 들리는 외침이 두 사람을 떼어놓았다.

"이제 들어와도 돼!"

"네! 들어가겠습니다!"

씩씩하게 대답한 해랑은 여전히 못마땅한 내색으로 서 있는 송구를 끌고 안으로 들어갔다. 두 사람의 등 뒤에서 문이 닫혔지만 도어락이 수동으로 고정된 상태라 잠기진 않았다. 잠기지 않는 문은 통로처럼 느껴졌다.

6

혼자 현장을 지키고 있던 정열이 짜증스러운 표정으로 허리춤에 매달려 있는 무전기를 집었다.

"마운 경찰서, 여기 우당 2팀장."

곧 건조한 음성이 송출되었다.

—여기.

"과수팀은 언제 옵니까? 걸어 온다 캅니까?"

—확인해보고 다시 무전하겠습니다.

손으로 들고 있는 것도 귀찮아 어깨 계급장에 무전기를 꽂아버린 정열이 불만스럽게 툴툴거렸다.

"보나마나 다 와간다고 할 끼구만. 하여튼 뭔 중국집 배달원도 아니고 물어보면 무조건 다 와간대."

정열의 예상대로 경찰서 상황실은 10분 안에 과수팀이 도착할 테니 기다리라는 말만 되풀이했다.

"참 나, 이 아파트엔 기자 안 살것제? 언론에서 딱 물고 뜯고 씹기 좋은 그림인데. 느긋한 경찰, 아파트 단지 한중간에 시신 두고 그대로 방치 어쩌고저쩌고……."

"저기…… 뭐 좀 여쭤볼게요……."

혼잣말을 중얼거리던 정열에게 죽상이 된 젊은 남자가 다가왔다.

"마, 놀래라! 기자 아니지예?"

체통도 잊고 화들짝 놀라버린 정열은 자신의 목에서 튀어나온 가녀린 비명을 믿을 수 없다는 듯 큰 소리로 헛기침을 시작했다.

"예? 기자는 아니고 저기 차주인데요……. 하……. 이럴 경우엔 보상 절차가 어떻게 되나요? 이게 보험 처리는 되는 건가요?"

앳된 얼굴에 짧은 머리스타일로 보아 제대한 지 얼마 되지 않았거나 아직 복무 중인 군인처럼 보이는 그는 깊은 한숨과 마른세수를 연거푸 반복하더니, 아빠 몰래 끌고 온 차인데 어떻게 하느냐며 울먹거리기 시작했다. 그러는 동안 상황 파악을 마친 정열은 다시금 본연의 태도를 되찾았다.

"글쎄요. 경찰은 돈 관련 문제는 절대 개입할 수 없거든예. 보험이든 뭐든 민사랑 관련된 부분은 제가 뭐라고 할 수가 없으예."

"이거 형사 사건 아니에요? 그, 뭐냐, 재물 손괴잖아요! 멀쩡한 제 차를 완전 박살낸 건데……. 아, 엄밀히 말하면 저희 아빠 차지만, 어쨌든요!"

정열은 상대가 딱하다는 듯 눈동자를 위아래로 굴렸다. 나름 위로한답시고 보낸 눈빛이었으나, 정열의 태도는 언제나 본인의 의도와 엇박자를 타곤 했다.

"그래서 우짤 깁니까. 이미 돌아가신 분을 유치장에라도 끌고 갈까예? 피의자가 사망한 사건은 공소권이 없다꼬 무조건 종결입니더."

희망 한 점 남기지 않는 쌀쌀한 정열의 대답에 남자는 머리를 감싸 쥐고 주저앉아버렸다. 이제 아빠한테 죽었다는 말만 주문처럼 반복하던 남자와 그 모습을 뒷짐 지고 바라보던 정열 앞으로 순찰차 한 대가 빠르게 다가왔다. 신고 처리를 끝낸 치운과 대복이 합류한 것이다.

"팀장님! 변사자는 어디에 있……. 히이익!"

해맑게 주위를 둘러보던 대복은 변사자의 모습을 보고 저도 모르게 염소 소리를 내버렸다. 방금 전 정열이 낸 비명 소리와 비슷했다.

"팀장님, 과수팀은 아직입니까? 하여튼 상전이지. 자기들은 늦장이라곤 다 부리면서 도착할 동안 우리 지역 경찰은 현장에서 뺑이 치며 기다리고!"

치운이 껌을 쫙쫙 씹으며 구시렁거리자, 남자가 그를 올려다보았다. 남자와 눈이 마주친 치운은 정열에게로 퉁명스러운 시선을 돌리며 물었다.

"유족이세요?"

"아이다. 저기 파손된 차량 주인…… 은 아니고, 차주 아드님이라고 하시네. 여까지 차를 끌고 나오셨단다."

"허, 거 참! 재수 드럽게 없네. 이봐요. 오늘 댁에 가시기 전에 로또라도 한 장 사세요. 하 순경! 이분 인적 사항이라도 좀 받아놔. 나중에 또 우리가 조치를 해줬니 마니, 태클 걸어대면 골치 아프니까. 발생 보고라도 쳐서 형사과로 던져놔야 피할 구멍이 있지."

치운은 언제나 붙이지 않아도 될 말을 붙이는 못난 선배였고, 대복은 치운의 끝말로 벌어지는 민원인과의 싸움을 해결할 사람은 자신밖에 없다는 사실을 알고 있는 착한 후배였다. 대복이 부러 큰 소리로 박수를 치며 주의를 돌리기도 전에 발끈한 남자가 벌떡 일어났다. 치운의 발성이 좋은 탓에 땀이 밴 손바닥이 마주치는 소리로는 망언이 일으키는 재난을 막을 수 없었다. 머리를 감싸고 쭈그려 있을 땐 몰랐는데 일어서고 보니 남자는 제법 건장한 느낌을 풍겼다.

"무슨 말씀을 그렇게……. 경찰관님이 비꼬지 않으셔도

이미 충분해요! 충분하다고요, 씨발. 차고 넘치게 엿 같은 인생이라고요. 왜 내 인생에만 이런 일이 일어나냐고요!"

남자는 씩씩거리며 치운을 노려보았지만 과호흡으로 가슴만 들썩거릴 뿐 주먹을 날린다거나 치운의 멱살을 잡는다거나 하는 과격한 행동은 보이지 않았다. 언제 남자가 치운에게 달려들지 염려하며 호시탐탐 제압할 틈만 노리던 대복이 황급히 그를 달래려 했으나, 치운이 "도와준대도 난리야." 하며 소리치기 시작하자 누구를 달래야 이 사태가 수습될지 헷갈리기만 했다.

"선생님, 갑작스러운 사고로 놀라신 건 아는데 진정하시고 저희랑 같이 파출소로 가시죠. 어찌 됐든 저희도 도와드릴 수 있는 부분까진 최대한 해드리고 싶은데, 그러려면 서류를 만들어야 하니까요. 네?"

대복이 애써 방긋 웃으며 남자를 달랬다. 1년에 한 번, 설날에만 만나는 한참 어린 조카를 볼 때마다 짓던 표정이었다. 조카는 덩치 큰 남자가 어울리지 않게 바보 같은 표정을 하고서 헤실헤실 웃는 걸 좋아했지만, 성인 남자에게까지 통하는 방법은 아니었는지 그의 표정은 더 딱딱해져만 갔다.

"저기 과수팀 오네! 과수팀이랑 내는 현장 정리하고 갈테니까 하 순경은 여기 선생님 델꼬 먼저 파출소에 가 있으라. 지금 무거이 조가 집 수색하고 있으니까 끝나는 대로 파출소 가라고 해놓으께."

정열이 대복의 등을 순찰차 쪽으로 떠밀며 말했다. 치운은 뭐가 그렇게 마음에 안 드는지 껌을 거미줄처럼 쭉 늘여 씹어대며 변사자 주위를 기웃거렸다. 대복은 서둘러 이 모든 것들로부터 달아나고 싶은 마음에 남자의 팔뚝을 붙잡고 황급히 순찰차에 올라탔다.

7

"점심은 한참 지났고……."

어깨를 축 늘어뜨린 송구가 힘없이 중얼거렸다.

"난 배가 고프다 못해 무감각해졌어."

운전 중인 해랑도 아까보다는 줄어든 목청으로 대답했다. 볼륨이 줄어든 소리는 목청보단 목구멍에서 삐져나오는 공기에 가까웠다. 변사자 주거지 수색을 끝내고 파출소로 돌아가는 길이었다. 무건은 정열, 치운과 함께 복귀하겠다며 두 사람을 먼저 보냈다. 상극인 정열과 치운만 남겨놓으면 어떤 사고가 터질지 몰라 다리미를 자처해서 현장에 남았다는 게 송구와 해랑이 내린 결론이었다.

"여자 혼자 사는 집에 뭐가 그렇게 없을 수가 있냐."

송구는 조금 전까지 머물렀던 변사자의 집을 떠올리며 말했다. 유서라도 찾아볼 요량으로 들어갔던 집은 이미 죽음을 계획하기라도 한 것처럼, 그래서 조만간 찾아올 외부인들이 집을 청소하는 데 수고를 들이지 않게 해주려는 듯 별다른 물건 하나 남아 있지 않았다. 아파트 기본 옵션처럼 보이는 필수 가전과 소박한 가구로만 채워진 집은 퍽 쓸쓸했다. 보일러를 켜지 않은 생활이 오래됐는지 바닥은 아이스링크 얼음판만큼 차가웠다. 수족냉증이 심한 송구는 집이 아니라 커다란 아이스박스에 들어온 것만 같은 기분에 발가락을 자주 꼼지락거렸지만 큰 효과는 보지 못했다. 애초에 그런 행동 하나로 물리쳐질 냉기가 아니었다.

"그러게. 진짜 휑하긴 하더라. 냉장고도 텅 비었고…….
우리가 보통 먹고산다는 말을 쓰잖아. 그런데 도통 뭘 먹은 흔적이 없으니 사는 것도 힘들었는지 어땠는지 모르겠어."

해랑의 말에 송구가 더욱 침울해진 목소리로 반응했다.

"내가 자살 현장에 처음 나갔을 때 제일 놀란 게 뭔지 알아? 생각보다 유서를 쓴 사람이 많이 없다는 거야. 그때만 그렇겠거니 싶었는데 다음 현장도, 그다음 현장도 유서가 없었어. 메모든 편지든 마지막 가기 전 뭔가를 남긴 사람을 거의 못 본 것 같아. 어쨌거나 죽기로 결심했으면 뭔가 인사라도 남기지 않을까 싶은데…….이해가 잘 안 돼."

송구의 말을 듣던 해랑이 조금 웃었다.

"네가 출근하면 제일 많이 하는 말이 뭔지 알아? 이해가 안 된다는 말이야."

"난 진짜 그래! 넌 안 그래? 이해 안 되는 일이 너무 많아. 출근만 하면 생겨."

"송구야, 사람들이 사는 모습을 애써 이해하려 하지 마. 꼭 이해하지 않아도 돼. 그냥 저런 사람도 있구나, 이런 인생도 있구나, 고개만 끄덕이고 네 갈 길 가. 하나하나 다 이해하려고 붙잡고 있다간 너만 힘들어."

"내가 힘든 건 괜찮아. 바보 같은 것보단 힘든 게 더 나아."

"네가 암만 바보로 살겠다고 결심해도 하대복보다는 현명할걸?"

"맞아. 걔 예전에 순찰하다가 길거리에 버려진 족발 뼈 보고 유골 발견했다며 무전하고 난리였잖아."

송구와 해랑이 동시에 웃음을 터뜨렸다. 송구는 발가락 끝이 서서히 녹아내리는 감각을 느꼈다.

"그뿐이야? 걔 경찰학교 운전 수업 때는 라바콘만 다 치고 다녔잖아. 동기들한테 레이싱 게임하냐고 구박이나 받고 다녔지."

"허우대만 멀쩡해서 허우적거리는 거 언제 안 웃기냐? 아까도 해랑이 네가 있어서 망정이지. 대복이한테 신분증 찾아보라고 했으면 걔 아마 기절했을 거야."

"아까 네 모습처럼?"

해랑의 놀림에 송구는 "야!" 하며 소리쳤지만 영 틀린 말도 아니었으므로 반박하지 못한 채 성난 복어처럼 볼만 부풀렸다.

"너는 그 교수한테 제대로 배웠더라."

"그 교수가 누군데?"

"우리 경찰학교에서 변사자 사진 보여주고 윽박질렀던 과학수사 교수 있잖아. 시체에서 눈을 돌리면 안 된다면서 엄청 혼냈던 사람. 이승일 교수였나?"

"아……. 그 이름 진짜 오랜만에 듣는다. 우리가 벌써 졸업한 지 몇 년째냐? 그 사람 지금 교수 자리에서 잘렸대. 어디 파출소로 쫓겨났다던데."

"쫓겨났다고? 왜?"

놀란 송구를 보며 해랑이 건조하게 대답했다.

"연예인 변사 사진만 모으다 걸렸다나 봐. 사건 시스템에 사진 다운로드 기록이 남아 있었대."

송구는 자신이 낼 수 있는 가장 새된 소리로 기함했다.

"미쳤나 봐. 완전 음침한 인간이었잖아! 경찰이 그래도 돼? 아니, 경찰이기 이전에 사람이잖아! 다 큰 어른이 뭘 그딴 짓을……."

"처음부터 마음에 안 들었어. 경찰이라고 꼭 시체랑 겸상할 수 있어야 돼? 힘든 사람도 있는 거지. 경찰 합격했다고 하늘에서 담력이 뚝 떨어지는 것도 아니고. 솔직히 경찰 내부에서 시체 보는 부서가 얼마나 돼? 형사랑 과학수사 아니면 거의 없잖아. 우리 같은 지역 경찰이야 가끔 있는 일이고."

"진짜 대박이다……. 넌 누구한테 이 소식 들었어?"

"주호연한테 들었어."

송구가 의외라는 듯 고개를 갸웃거렸다.

"주호연 지도관? 아직도 연락하고 지내?"

"가끔 죽었나 살았나 정도만."

"지도관님 지금 어디 계시냐? 아직 경찰학교에 계셔?"

"응. 내년은 돼야 이동할 것 같다는데…… 자세히는 몰라."

"혹시 또 연락하면 안부 전해드려."

해랑은 송구를 힐끗 보면서 "그럴게."라고 대답하다 신호등이 바뀌자 급히 액셀을 밟았다. 자영업자의 비율이 아주 높은 나라답게 도로변에는 수많은 식당이 자리하고 있었으나 송구와 해랑이 들어갈 수 있는 곳은 없었다. 아직 해결해야 할 일이 남았기 때문이었다.

8

"성함이 어떻게 되세요?"

"차…… 현묵이요."

"차현뭉 씨요?"

"아뇨. 묵이요, 묵. 도토리묵 할 때 묵…….."

"아, 묵찌빠 할 때 묵 자요? 네……. 차현…… 묵 씨……."

대복은 현묵의 얼굴과 모니터, 키보드를 골고루 한 번씩 봐주면서 발생 보고를 작성하고 있었다. 대복의 맞은편에 앉은 현묵은 상당히 지친 것 같았다. 휴대폰도 차 안에 두고 내려 챙기지 못한 현묵은 미래가 건네준 커피 잔만 만지작거리며 다음 질문을 기다렸다. 내용물은 진작 다 마신 지 오래였다.

우당 파출소가 사용하는 3층 건물은 평수 자체가 크지는 않았다. '우당 파출소'라 적힌 간판을 지나 입구로 들어가면 양옆에 낡은 소파가 하나씩 놓여 있는데, 이 소파의 쿠션을 걷어보면 수갑을 고정시킬 수 있는 쇠 봉이 나왔다. 어지간한 진상 민원인에게는 수갑까지 채우는 일이 없기 때문에, 야간 근무 때 소파의 쿠션을 걷었다면 그날은 핏발 선 눈으로 퇴근하게 된다는 걸 의미했다. 1층 구석엔 한 칸짜리 남녀 공용 화장실이 오래된 벽지처럼 붙어 있었는데, 볼일을 보는 소리가 얇은 벽을 뚫고 그대로 흘러나오는 통에 대부분의 직원들은 1층 화장실 사용을 꺼렸다. 언젠가 화장실이 너무 급한데 좀 쓸 수 없겠냐는 민원인의 방문에 대복이 밝은 미소로 당연히 가능하다며 문을 활짝 열어준 적 있었는데, 그 사람이 급한 불을 끄고 간 뒤 확인해보니 변기가 막혀 있었다. 네가 데려온 민원인이니까 알아서 해결하라는 치운의 윽박이 이어졌고, 결국 눈물의 뚫어뻥을 휘둘렀던 밤이 대복의 눈에 선명했다. 1층 중앙엔 순찰 요원들이 상황 근무를 할 때 쓰는 컴퓨터 세 대가 일렬로 놓인 책상이 있고, 그 뒤쪽으로 관리반장과 순찰팀장 자리가 나란히 있었다. 상황용 책상과 달리 이 두 자리는 세 면이 파티션으로 둘러져 꽤나 독립적인 공간이라 모두들 관리반장이 퇴근하기만을 호시탐탐 노렸지만, 이른바 우당 삼총사로 통칭되는 송구나 해랑, 대복에게는 꿈도 못 꿀 자리였다. 관리반장 자리엔 보통 부팀장이 앉곤 했지만 무건의 양보 덕에 치운이 눌러앉았고 용희는 그 사실을 끔찍이 싫어했다. 그래도 같이 근무해보니 치운 주임님이 정열만큼 방귀를 뀌지는 않는 편이라는 대복의 말에, 용희는 그걸 지금 위로라고 하는 거냐며 볼멘소리를 했다.

1층 내부를 전체적으로 놓고 보면 'ㄱ'자를 좌우반전한 구조인데, 가로선에 해당하는 길목의 우측 끝에 파출소장

자리가 있었다. 그 앞에 회의용 테이블과 쿠션이 다 꺼진 의자 몇 개가 놓여 있어 조회와 석회 시간엔 모두들 거기에 모여야 했다. 쿠션이 꺼졌든 멀쩡하든 어쨌든 앉을 수 있는 의자가 몇 개 되지 않았기 때문에 역시나 우당 삼총사를 비롯한 신임 직원들은 팀장들의 말이 끝날 때까지 병풍처럼 서 있을 수밖에 없었다. 2층은 파출소장실과 여경 대기실 및 직원용 화장실, 3층은 남경 대기실과 샤워실이 공간을 알뜰살뜰 채웠다.

"소장님, 삼만 원짜리로 해도 될까요?"

"요즘 물가에 삼만 원짜리 꽃다발이 있어? 몇 송이 없는 거 아냐?"

한편, 회의용 테이블에 나란히 앉은 용희와 미래는 대복의 조사에 방해되지 않도록 최대한 조용히 소곤거리고 있었다. 용희는 많은 일에 적극적으로 나서는 편은 아니었지만 한번 하기 시작하면 제대로 해야 된다는 주의였고 미래는 영락없는 두목 체질이라 다른 건 다 참아도 '우리 애들 기는 죽이면 안 된다'는 사명감을 가지고 있었다. 바라보는 방향은 달랐지만 어쨌거나 결론적으로 합이 아주 잘 맞는 두 사람이었다.

"그치만 어떡해요. 우리 파출소 운영비 진짜 쪼들리는 거 아시잖아요……. 몇 푼 아껴보겠다고 조금 싼 커피 믹스 샀

다가 주임님들 성화가 장난 아니에요."

"……그거 맛없긴 하더라. 내가 새로 사놓을게. 김연아보
다는 이나영이 선전하는 게 더 맛있다니까……. 꽃다발도
내가 주문할 테니까 최대한 큰 걸로 맞춰달라고 해. 하루도
안 남았는데 바로 맞춰주는 곳 있나? 요샌 뭐더라. 인스타
디엠이라나? 그걸로 미리 주문해야 한다더만."

"소장님, 이나영에서 박보영으로 모델 바뀐 지 오래예
요……. 아무튼 경찰서에서 자주 주문하는 꽃집 있으니까
거기에 전화해둘게요. 요즘 스타일처럼 세련되진 않지만 전
통적인 꽃다발 형식은 다 갖췄어요."

"촌스럽다는 말을 잘 둘러말하는구나."

미래가 고개를 끄덕이며 감탄하듯 말하자, 용희가 "공무
원 행사는 다 촌스러워요." 하며 웃었다.

"촌스러울 수밖에 없네. 시간이 이렇게 촉박해서야…….
어쨌든 꽃다발은 해결된 거지?"

"경리계에 운용비 좀 더 줄 수 없냐고 얘기해볼게요. 매번
소장님이 사비 쓰시니까 마음이 좀……."

"괜찮아. 양주 한 병 덜 사 마시면 돼."

아쉽다는 듯 입맛을 다시며 미래가 대꾸했다. 술을 적게
마셔야 한다고 생각하는 것만으로도 술이 당기니 참 곤란한
노릇이었다.

"네 말마따나 경찰 들어와서 승진 몇 번 하겠냐? 다섯 번 하면 평균보다 많이 하는 건데 그 다섯 번만큼은 동료랑 선배들이 잘 챙겨줘야지. 자기 경찰 들어와서 승진 세 번 할 동안 나는 한 번밖에 못 했어."

"소장님이 승진을 원하시는지는 몰랐네요. 며칠 전 서장님 회의 때도 할 말 다 하시기에 아예 포기한 줄 알았는데……. 소장님이 경찰대 출신인 게 얼마나 다행이에요? 일반 공채로 들어왔다간 순경으로 퇴직할 뻔하셨어."

용희가 고개를 저으며 흘겨보자 미래가 억울한 듯 항변했다.

"아니, 파출소에서 교통 위반 단속하라는 게 말이 돼? 신고 처리하기도 바쁜데! 그럴 거면 교통 외근 부서는 왜 있냐고. 담당 부서가 있는데 왜 성과 높여야 한다고 업무를 이리저리 중복시키냔 말야. 말도 안 되는 지시에 다들 고개만 끄덕이는 게 황당해서 그랬어."

"소장님 앞날엔 그닥 도움이 안 되는 말이겠지만 저는 앞으로도 계속 소장님이 많은 부분에 황당해하셨으면 좋겠어요. 덕분에 저희들이 살잖아요. 제가 이번 여름휴가 때 해외여행 한번 갈 것 같은데 면세점에서 소장님 술 하나 사 올게요."

"꼭이다? 응? 어디로 갈 건데? 남자 친구랑 가?"

"글쎄요. 태국 갈 것 같은데요?"

"잘됐다! 면세점에서 앱솔루트 망고 맛 있으면 하나 사와. 태국 면세점 필수 쇼핑 항목이라고."

용희와 미래가 태국 면세점에서 꼭 사야 할 물건들의 이름을 주거니 받거니 할 동안, 딱딱한 눈빛만 주고받던 대복의 조사도 막바지에 이르렀다.

"그런데요. 저 지금 조사 받는 거…… 혹시 어디 기록에 남고 뭐…… 그런 건 아니죠?"

"기록이요? 어떤 기록 말씀하시는 거예요?"

현묵은 미래와 용희의 눈치를 살피다가, 두 사람이 자신에게 전혀 관심이 없다는 걸 확인하고는 안심한 듯 대복에게 더 가까이 다가가 속삭였다.

"그 뭐냐, 그니까…… 경찰관분들이 저에 대해서 다 알 수 있다거나 하는…… 하, 이걸 뭐라고 설명해야 하지?"

"제가 지금 만든 '발생 보고'라는 게 저희 파출소에서 이런 일이 발생했다는 걸 경찰서에 알리는 개념이거든요. 경찰서로 서류가 넘어가긴 해요."

대복의 답을 들은 현묵이 놀라서 더듬거리던 찰나, 송구와 해랑이 힘차게 문을 열고 들어왔다.

"다녀왔습니다!"

"어어, 고생했어!"

파출소 안쪽에서 미래가 손을 흔들고 화답하는 모습이 보였다.

"아직 조사 안 끝났어?"

"이제 다 끝났어. 보내드릴 참이야. 이분이 뭐 물어보셔서……."

대복이 사정을 설명하자 해랑은 무슨 의미인지 모르겠다는 듯 어깨를 으쓱거렸다. 아무 일도 아니라고 현묵이 대답하려는 찰나, 송구가 불쑥 말했다.

"혹시 경찰 준비하세요?"

"예? 아, 아니……."

송구, 해랑, 대복으로 구성된 우당 삼총사의 시선을 한 몸에 받은 현묵은 귀를 붉게 물들이는 것으로 대답을 대신했다.

"하 순경님, 서류 뭐 했어? 발생 보고 한 거지?"

대복이 고개를 끄덕이자 송구가 친절한 표정으로 설명을 시작했다.

"걱정 마세요. 저희 내부적으로 쓰는, 뭐랄까, 일기 같은 거거든요? 그냥 넘어갈 일은 아닌데 사건이 될 만한 것도 아니라서 기록으로 남겨놓는……. 그런 형식상 절차니까 걱정 안 하셔도 돼요. 개인 신상에 흠이 된다거나 하는 게 절대 아니거든요. 혹시 사건으로 접수된다고 하더라도 수사 목적이 아니면 조회할 수 없고요."

"아, 네……."

붉어진 얼굴로 뒤통수를 긁적이며 고개를 숙인 현묵은 집에 가도 된다는 말을 듣고도 나가지 않고 계속 입구 근처를 서성였다. 그러다 모든 용기를 끌어낸 듯 송구에게 다가가 지역 경찰 수첩을 얻을 수 있냐고 물었다. 순찰요원들에게 보급되는 손바닥만 한 수첩인데 표지에 경찰청의 상징인 참수리 마크가 박힌 게 탐이 난 것 같았다. 현장에서 대복이 메모할 때 쓰는 모습을 본 모양이었다. 꽃다발 주문을 마친 용희가 송구의 이야기를 듣고 창고를 뒤져 남는 수첩을 찾아냈다. 현묵의 요청에 우당 삼총사는 돌아가며 수첩 앞 장에 자필 사인까지 해주었다. 꼭 합격하세요! 그제야 현묵은 환해진 표정으로 파출소를 나섰다. 위로가 간절했던 것 같다고, 멀어지는 현묵의 뒷모습을 보며 미래가 중얼거리다 돌연 입맛을 다셨다. 망고 맛 술을 상상으로 한 잔 따라 마신 것 같았다.

9

"참 속없지. 당장 차가 그 꼴이 났는데. 자기 아빠한테 맞아 죽게 생겼는데 수첩 하나 받았다고 그렇게 웃으면서 가

다니……."

"스물다섯 살이라잖아. 우리보다 네 살이나 어리니까 귀엽게 봐줘."

해랑과 송구의 대화에 대복이 그건 아니라는 투로 급하게 끼어들었다.

"뭐래. 한 살이야."

"넌 또 뭐라는 거야?"

"제대한 지 일 년 됐다잖아. 그럼 이제 한 살인 거지."

대복은 당당한 듯 상체를 크게 부풀리며 답했다. 해랑의 눈썹이 팔八 자를 그렸다. 대책 없거나 다소 황당한 이야기를 들을 때마다 해랑이 짓는 표정이었다.

"근데 넌 어떻게 알아봤어? 걔가 경찰 수험생인 거 말야."

대복의 물음에 길가의 돌멩이를 툭툭 차던 송구가 밝게 말했다.

"나도 그랬거든. 합격하기 전까진 별게 다 신경 쓰이더라고. 거리에서 괜히 쓰레기도 주워보고 야구장에서 소리도 마음대로 못 지르고. 한평생 그래본 적 없지만, 왠지 술 취한 사람이랑 시비 걸릴까 봐. 뭔가 그런 모습이 그 사람한테 보였나 봐."

"넌 수험생일 때도 야구장은 간 거야? 영화 한 편도 마음 놓고 본 적 없다며 엉엉 울더니 야구장은 갔냐?"

"그 해 참수리 피어스 성적이 좋아서……. 가을 야구 가나 싶은 마음에 갔었지."

"갔어?"

"가긴 개뿔. 내가 경찰서장 되는 게 더 빠를걸."

만년 꼴찌 참수리 피어스 팀의 골수팬인 송구는 조금 침울해졌다. 곧 개막하는 야구 시즌을 앞두고 시범 경기가 열렸는데, 거기서도 참수리 팀은 새로운 시즌을 기대할 만한 모습을 전혀 보여주지 못했기 때문이었다.

"야구에서 몸에 맞는 볼을 데드볼이라 하거든. 난 그게 좋더라. 이름은 데드볼인데, 공에 맞은 타자가 죽는 게 아니라 진루를 해. 우리 인생도 좀 그랬으면 좋겠어. 때리지만 말고 맞아서 아파하는 사람은 앞으로 좀 갈 수 있게 힘을 보태주면 얼마나 좋아."

"……넌 자주 낭만적이야. 알아? 그래서 걱정돼."

해랑은 송구의 포동한 얼굴을 바라보았다. 눈썹이 짙은데 눈이 동그래서 전체적으로 선한 인상을 풍기는 송구가 해랑에게는 꼭 물가에 내놓은 애처럼 느껴졌다. 동갑이고 동기인데 송구는 함께한다는 느낌보다는 지켜줘야겠다는 생각이 들게끔 만드는 친구였다.

"왜 걱정이야? 낭만만큼 좋은 게 어딨다고."

"낭만 하나로 해결되는 문제는 없어. 괜히 감상에 젖지 말란 말이야. 이번에 경찰학교 신입생 중에 보이스 피싱 당한 애가 있대. 경찰관이 사기나 당하고 다닌다고 학교에서도 짤렸다는데? 자질 미달로 퇴학당했대."

"뭐? 말도 안 돼! 넌 그런 소식을 도대체 어디서 듣고 다니냐? 호연 지도관님이 그래?"

호연의 이름이 나오자 해랑은 고개를 돌렸다. 송구는 해랑이 한 말을 믿을 수 없다는 듯 치를 떨었다.

"감싸주진 못할망정…… 너무하네."

"남 주머니에 있는 돈, 내 주머니로 옮길 생각만 하는 놈들이 천지에 널렸어. 그니까 송구 너도 조심해. 야구처럼 심판이 봐주는 것도 아니잖아."

"걱정해주는 건 고마운데 난 네 걱정 대신 응원이 더 듣고 싶어. 심판은 없어도 내가 억울한 일 당하면 벤치 클리어링 정도는 해줄 거지?"

두 사람의 보폭에 맞춰 느리게 걷던 대복이 갑자기 송구와 해랑의 앞을 막고 서서는 크게 외쳤다.

"당연하지! 나한테 맡겨! 그리고 승진 축하한다, 강송구! 내일이면 경장이네!"

마주 보고 너털웃음을 터뜨리는 송구와 대복을 보자, 해랑의 눈썹이 서서히 휘어지더니 웃음기가 볼을 타고 흘러내려 입술까지 촉촉해졌다.

"경장으로 진루 축하해. 내일 사진 많이 찍힐 거니까 팩이라도 하고 자."

"하하하! 나를 따르라! 어린 순경들아!"

아파트에서 스스로 목숨을 끊으려 곤두박질친 사람이 있어도 우당동은 꿈쩍도 하지 않았다. 높은 건물이 사라지는 일도 없었고 외계인이 침략해 이렇게 매정한 동네가 있느냐며 따져 묻는 일도 없었다. 오히려 해랑은 아침보다 기분이 더 좋아졌고 송구는 내일이면 승진할 기쁨에 취했으며 대복은 그저 해맑았다. 교통 정체를 뚫고 도착한 과수팀에 의해 시신은 장례식장으로 이송되었고 동네 주민들은 투신 사실이 알려지면 집값이 떨어지지 않을까 걱정했다. 현장은 정리되었으며 담당 형사가 유족을 수소문하고 있었지만 큰 진전은 없어 보였다. 집에 도착한 현묵은 수첩을 열고 닫기를 반복하며 아버지가 폐차 사실을 알고 나서도 참아주지 않을까 하는 희망을 그렸다. 모두 각자의 방식으로 불과 1분 전보다도 더 나은 미래를 향해 서서히 진루하고 있었다. 세상에 아직 남은 자에게는 남은 무게만큼의 몫이 있으니, 언제까지 넋 놓고 서 있을 수만은 없는 노릇이었다.

2장
잘 쳐봐야 3할

1

사격을 마친 동기들이 줄지어 송구에게 달려갔다.

"강송구! 표적지 얼른 가져와봐!"

동기들의 등쌀에 송구가 어기적거리며 걸음을 재촉했다. 키도 작고 발도 작은 송구에겐 보급된 기동복의 바지가 너무 길었고 기동화도 컸기 때문에 좀처럼 날랜 움직임이 나오지 않았다. 이모 따라 중앙경찰학교에 놀러 온 조카 같지 않느냐고, 어째 기동복을 입을 때마다 기동 불능 상태가 되느냐고 송구가 풀 죽은 소리를 할 때마다 해랑은 어떻게 달래야 할지 몰랐다. 그래서 누가 조카로 오해할 만큼 네가 동안은 아니니 안심하라고, 사격 수업엔 기동복 대신 다른 복

장을 하는 방안을 건의해보겠다고 했는데 그다지 위로가 되
진 않은 것 같았다. 송구가 걸음을 내딛을 때마다 자글자글,
사격장 바닥에 깔린 자갈이 밟히는 소리가 났다.

"뭐야. 왜 이렇게 많이 나갔어?"

"훈련 내내 잘하다가 왜 실전에서 나가리냐. 아우, 보는
내가 다 아깝다."

송구의 표적지를 확인한 동기들이 총알처럼 한마디씩 툭
툭 던졌다. 배려라곤 없는 평가가 해랑의 귀에 한 발씩 꽂히
면서 자글자글, 자신의 속이 타들어 가는 소리가 들리는 것
만 같았다.

경찰공무원 시험에 합격한 이들은 모두 중앙경찰학교에
서 6개월간 합숙 훈련을 받는 교육생 신분이 된다. 우선 성
별로 학급이 나뉘고, 일반 순경 시험이나 특별 채용 등의 입
직 경로에 따라 한 번 더 나뉘며 같은 분모를 가진 이들을
40명가량 엮어 한 학급으로 만든다. 4인실인 중앙관을 사용
하는 남자 교육생과 달리 여자 교육생들에겐 8인실인 희망
관이 주어졌다. 다섯 개의 방이 한 학급으로 묶이는 셈이었
다. 송구와 해랑은 같은 학급, 같은 방, 그것도 옆 침대로 배
정 받으면서 면을 텄다. 차가운 인상과 과묵한 말투 때문에
해랑에게 쉽게 다가오는 동기가 없었지만 어쩐지 송구는 해
랑을 보자마자 눌어붙은 엿가락처럼 따라다녔다. 해랑은 하

루아침에 생겨버린 조그마한 엿가락이 어색하고 왜 하필 자신에게 붙은 건지 선뜻 이해되지 않는 변화였지만, 가끔 송구 혼자 외박을 신청해 나가버릴 때면 꼬리가 사라져 균형을 잃은 짐승처럼 허우적거리는 스스로가 가장 이해되지 않았다. 몇 달 전까지 혼자 잘 살아와놓고, 마치 한평생 꼬리 없이 살아본 적 없는 느낌이 드는 게 우습기까지 했다.

중앙경찰학교에서의 성적으로 발령지가 결정됐기에 교육생들은 합격의 기쁨이 무색하게 학교 내에서 또 치열한 성적 경쟁을 벌여야만 했다. 열 개가 넘는 과목 중 성적의 가장 큰 비중을 차지하는 게 사격이었는데, 송구는 작은 신체에도 불구하고 사격 점수는 늘 학급 1등이었다. 사격 평가는 총 세 번의 시험을 거쳐 평균값으로 순위를 매기는데 그날이 첫 번째 시험 날이었고, 송구의 실력을 견제하던 동기들이 점수를 확인하기 위해 몰린 상황이었다. 한 발당 1점부터 10점까지 점수가 매겨졌는데 경찰청에서 사용하는 표적지는 7점 이상은 검은색이고 6점 이하는 흰색이었다. 보통 흰색 부분에 맞히면 '총알이 나갔다'는 표현을 사용했는데, 송구 손에 쥐여진 표적지는 평소 실력보다 많은 부분이 나가 있었다.

"야…… 괜찮아?"

시험을 마치고 희망관으로 돌아가는 길에 해랑이 조심스

레 물었다. 사격장은 학교 부지 안에서도 가장 높은 곳에 위치했기에 가파른 경사를 내려가느라 송구와 해랑의 걸음은 자연스레 느려졌다.

"뭐가?"

송구는 조금 전의 일은 이미 까맣게 잊었다는 듯 밝게 되물었다.

"아니, 뭐, 원래 하던 만큼 성적 안 나와서…….."

해랑이 얼버무리자 송구가 실없이 미소 지었다.

"시험 두 번 더 남았으니까 다음에 잘 쏘면 되지. 오늘도 그렇게 못한 건 아냐. 세 발 나갔는데, 뭐."

"네가 괜찮다면 다행이고."

"열 발 중에 일곱 발을 검은 원에 맞혔으면 엄청 대단한 사격수 아냐?"

생글거리며 웃던 송구가 해랑의 손을 덥석 잡더니 뒤돌아 내려가기 시작했다. 두 사람은 마주 보고 경사 높은 길을 내려가는 꼴이 됐다.

"높은 데서는 뒤돌아 내려가는 게 무릎에 더 좋대."

"이번 외박 때 도가니탕이라도 사먹어. 무릎이 그렇게 안 좋아서 어떡해? 파출소 가면 더 뛰어다닐 텐데."

"그때도 네가 손 잡아주면 되잖아."

"손잡고 출동하면 사람들이 뭐라고 생각하겠냐."

"글쎄? 동기끼리 참 사이가 좋구나, 생각하겠지. 동기 사랑이 나라 사랑이라잖냐."

작은 송구의 손이 해랑의 손에 완벽히 포개졌다. 송구의 손을 잡고서야, 해랑은 지금까지 자신이 빈손이었다는 걸 알았다.

"야구에서 제일 몸값 비싼 타자가 누군지 알아?"

"글쎄. 나는 박찬호밖에 모르는데……."

박찬호는 투수라며, 송구가 크게 웃었다.

"3할 타자야. 열 번의 타석 중에 세 번만 쳐도 세계적인 선수가 될 수 있어. 기준이 진짜 널널하지 않아? 나는 7할 사격에 성공했는데 다들 걱정해주는 처지잖아. 여기 졸업하고 진짜 경찰관이 되면 아마 더 심하겠지?"

"신고 열 건 중에 세 건만 처리하는 3할 경찰관이 됐다간 얼빠진 경찰이라고 단독 보도될걸."

손을 맞잡은 두 사람이 마주 보고 웃었다. 어떤 웃음은 어느 시절에 지었던 것과 같은 파장으로 이어질 수도 있다는 걸, 해랑은 그날 알았다. 경사진 길은 어느새 끝났고 완만한 평지가 두 사람을 기다렸다.

2

"너 처음 봤을 때, 난 네가 송구랑 사귀는 줄 알았어. 와, 요즘 애들 대단하다. 저렇게 대놓고 연애하는 거 티 내고 다니나 싶었지."

사격장으로 향하는 경사로를 멍하니 보던 해랑이 천천히 고개를 돌렸다. 근무복을 입은 호연이 주머니에 양손을 찔러 넣은 채 해랑이 고개를 돌리는 속도만큼이나 천천히 걸어오고 있었다.

"뭐 눈엔 뭐만 보인다더니."

시큰둥하게 대꾸한 해랑이었지만 옆머리를 넘겨주는 호연의 손가락을 거절하진 않았다. 호연의 손가락 끝에 미세한 촉수라도 달린 것처럼 손길이 스칠 때면 해랑은 뒤통수가 쭈뼛거리곤 했다. 달뜬 표정을 들키고 싶지 않아 해랑은 다시 고개를 반대쪽으로 돌렸다. 조금 전보다는 빠른 속도였다.

"송구는 잘 지내? 요새도 네 손 잡고 다녀? 키는 좀 컸고?"

"말이 되는 소릴 해. 성장판 닫힌 지가 언젠데……."

"그럼 키는 안 컸겠고……. 손은 여전히 잡고 다니나 봐? 응?"

호연이 해랑을 정면으로 보며 씨익 웃는데, 사격장에서

총알이라도 날아와 가슴에 박힌 것처럼 해랑의 심장이 세차게 두근거리기 시작했다. 호연의 귀에도 들릴 만큼 강한 소리여서, 해랑은 부러 바닥에 흩어진 자갈을 툭툭 찼다. 사격장 바닥에 깔린 자갈 몇 개가 여기까지 굴러온 모양이었다.

"숙직실 갈래?"

가까이 다가오다 못해 거의 해랑의 귓가에 붙어 속삭이는 호연을 해랑이 밀쳤지만 거리를 벌리진 못했다. 호연의 키가 해랑보다 큰 탓도 있었지만, 애초에 호연을 멀리 떨어뜨릴 만큼 밀고 싶지도 않았다.

"오늘 언니 당직도 아니잖아. 갑자기 사무실에 누가 오면 어쩌려고."

"졸업한 지 몇 년이나 됐다고……. 벌써 잊었어?"

자신의 가슴에 얹힌 해랑의 손을 맞잡고 아래로 내리면서 호연이 말을 이었다.

"주말엔 당직하는 지도관 없잖아."

3

"……간지러워. 하지 마."

해랑의 몸을 위에서부터 아래로 쓸어내리던 호연의 표정

이 어두워졌다.

"너 살이 더 빠진 것 같아. 하긴, 파출소 근무가 편할 리가 없지. 내가 미래 선배한테 얘기해줄 테니까……."

휴대폰을 집으려는 호연의 손을 해랑이 단호히 붙잡았다.

"미쳤어? 뭐라고 하게? 아예 사귄다고 광고라도 하려고?"

"아끼는 후배니까 좋은 자리로 좀 보내달라고 하면 되지. 남들처럼 휴일엔 쉬고 밤에 자고 아침에 출근하는 자리로. 생체 리듬이라는 게 괜히 있는 게 아니야. 파출소 이 년 했으면 이제 그만해도 돼. 남는 것도 없어. 지역 경찰 오래 해봐야…… 몸만 망가진다고. 너 요새 생리 주기도 완전히 틀어졌잖아."

"내가 자리나 구걸하려고 내 시간이랑 마음 써가면서 서울에서 여기까지 온 것 같아?"

해랑은 침대에서 일어나 바닥에 흩어진 옷가지를 하나둘씩 주워 입기 시작했다. 곧 숙직실 침대가 삐걱거리는 소리가 들렸다. 호연이 자세를 고쳐 앉은 것 같았다. 지금 호연이 어떤 표정을 짓고 있는지 보지 않아도 너무 잘 안다는 사실이 해랑의 가슴을 아프게 만들었다. 마음대로 흘러가지 않는 상황이, 뜻대로 움직여주지 않는 해랑이 짜증난다는 듯 머리카락을 거칠게 쓸어 넘기고 있을 게 분명했다. 해랑은 악착같이 뒤를 돌아보지 않고 묵묵히 옷을 챙겨 입었다. 이런 타이밍에 뜬금없이 희망관 샤워실에서 옷을 갈아입다가 넘어진 송구가 생각났다. 물기가 마르지 않은 샤워실 바닥은 송구를 넘어뜨린 것도 모자라 송구가 쓰고 있던 안경까지 부췄다. 여분의 안경이 없던 송구는 다음 외박까지 해랑의 손을 잡고 강의실과 운동장을 돌아다녀야만 했었다. 송구는 언제나 해랑에게 생각지도 못한 추억을 안겨주며 웃음 짓게 해주었지만 호연은 해랑에게 시름에 잠긴 밤을 안겨줄 뿐이었다. 하지만 해랑이 사랑하는 사람은 호연이었다. 그의 얼굴을 보면 왜 연가까지 내고 경찰학교에 찾아왔는지 목적을 잊을 것만 같아 눈을 질끈 감았다. 감은 눈 사이로 눈치 없는 눈물이 삐져나오는 듯 뜨거운 감각이 느껴졌지만 그런 건 중요하지 않았다. 어느새 일어난 호연이 해랑의 팔을 끌어당겼으니까.

"야, 해랑아. 뭐가 마음에 안 드는데? 어? 좋은 자리 있으면 알아봐달라고 말이나 해보겠다는데 그게 그렇게 싫어? 미래 선배랑 나랑 이런 얘기는 그냥 웃으면서 할 수 있을 정도로 친한 거 알잖아. 남들은 인사철마다 서장실 찾아가서 울면서 자리 구걸하는 거 몰라? 네가 아직 뭘 모르나 본데……."

"내가 모르는 게 뭔데? 그럼 언니는 뭘 그렇게 많이 알아?"

이곳에 도착했을 때와 같은 차림이 된 해랑이 천천히 고개를 돌렸다. 경사로 앞에서보다도 더 느리게. 세월을 가늠케 하는 숙직실의 촌스러운 벽지부터 낡아빠진 침대 헤드, 귀걸이 하나 없는 호연의 귀부터 오똑한 콧대까지 천천히 시선이 이어졌다. 이 풍경도 이제 마지막이겠구나. 해랑은 직감했다. 지구를 감싸는 지평선을 벗어나 어디에 정착할 수 있을지는 모르겠지만, 삶이 끝나더라도 아닌 건 아니었다. 그게 해랑에게는 경찰관으로서의 뚝심이자 한 명의 인간으로서 지켜야 할 자존심이었다.

"……언니는 나한테 할 말이 그것밖에 없어?"

딱딱한 호연의 표정 밑으로 움푹 파인 쇄골이, 그 옆으로 날개처럼 펼쳐진 어깨가 보였다. 날개라 생각했던 어깨는 진짜 날개인지도 몰랐다. 해랑 옆에 있는 호연은 언제든지 해랑이 닿지 못할 곳으로 날아갈 사람처럼 느껴졌으니까.

"며칠 전에 선…… 봤다며. 그거 물어보려고 온 거야. 언니는 내가 왜 여기까지 왔는지 궁금하지도 않지? 내가 오는 게 당연한 거지? 언니는 늘 바쁘고 그런 언니에 비해 나는 아무것도 가진 거 없는 일개 순경이니까. 번호만 누르면 출동하는 경찰처럼 전화 한 통이면 뽀르르 달려오니까 재미도 긴장도 없지, 그렇지?"

놀란 호연이 말을 잇지 못했다. 눈이 어찌나 커졌는지 호연의 눈동자에 해랑의 모습이 비치는 것만 같았다.

"해, 해랑아…… 너……."

"언니랑 그렇게 가까운 사이라는 미래 소장님한테 들었어. 소장님 동기 중에 누가 소개시켜줬다며. 앞길 창창한 검사로."

"……."

"잘됐네. 매번 남들처럼, 아니, 남들보다 번듯하게 살아야 한다고 언니가 그랬잖아. 언니도 남들처럼 남자 만나서 결혼하고 그렇게 원하는 평범함과 안락함을 가지길 바랄게. 검사 남편도 그리 흔한 소재는 아니지만 순경 여자 친구보다는 평범할 테니까."

"……선배들이 하도! 주위에서 그러니까 선만 한 번 본 거야."

"검사를 만났든 판사를 만났든 한 번이든 열 번이든 상관없어. 내가 궁금한 건 그거야. 왜 나한테 아무 말도 안 했어?"

호연이 답답한 듯 입술을 축였다. 저 입술을 비집고 무슨 말이 나올지, 입술이 붙었다 떨어지는 시간이 영원처럼 느껴졌다.

"굳이 말해서 좋을 거 없다고 생각했어. 숨겼다기보다는 그냥, 나한테 아무 일도 아니니까 넘긴 거야. 선배들 등쌀에 못 이겨 엉덩이만 붙였다 뗐던 건데 굳이 말해서 네 기분만 상하게 하고 싶진 않았어."

"왜 멋대로 판단해? 언니는 워낙 똑똑하니까 내가 어떻게 반응할지 지레 결론짓고 넘겨버린 거잖아. 어디까지가 아무 일이 아닌데? 좋은 조건의 남자랑 선보고 다닌 게 아무 일이 아닌 거면 나도 언니한테 아무 일 아닌 거 아냐?"

"왜 그렇게까지 해석하는 거야? 아니랬지!"

호연의 목소리가 점점 커졌다. 해랑의 이름을 불러줄 땐 개미만큼 작게 부르면서 혼을 내는 건 누구보다 우렁찼다. 교육생이나 훈육하던 지도관 버릇을 못 버린 건가 싶어 해랑은 저도 모르게 실소를 터뜨릴 뻔했다.

"언니가 어디까지 최악일지 가늠이 안 가. 그게 제일 무서워. 이제 그만하자. 나도 언니가 말한 것처럼 평범하게 살고 싶어. 평범하게 나 믿어주고 사랑해주는 사람 만나고 싶다고. 언제 아무 일도 아닌 사람으로 치부될지 긴장하면서 사는 게 아니라."

해랑은 숙직실 문손잡이를 잡고 크게 숨을 한번 들이마셨다. 호연과 같은 공간에서 들이마시는 마지막 숨이라는 판단이 서니 그저 뱉어버리기엔 아까워 가슴을 크게 들썩이며 아주 천천히, 지독할 정도로 느리게 한 줄기씩 내뱉었다. 그 모진 호흡을 호연은 깨트리지 않고 잠자코 기다려주었다. 마지막 배려가 아니라 이 상황이 어처구니없어 굳은 것일 수도 있지만 해랑은 거기까지 촉각을 곤두세우진 않기로 했다.

"나 있잖아……. 제법 당연한 사람 아니야. 언니가 열 번 부르면 세 번은 안 올 수 있는 사람이야. 3할까지만 할걸. 송구가 3할만 돼도 슈퍼스타 된다고 했는데. 그걸로도 충분했을 텐데. 꾸역꾸역 10할까지 채웠던 건 언니를 그만큼 좋아해서였어. 그것만 알아줘. 혹시 검사랑 하든 판사랑 하든 결혼하면 그 소식이 나한테까지 들리게 하진 말고. 그 정돈 해줄 수 있지?"

사격 훈련 때문에 최대한 민가와 떨어져 자리 잡아야 했던 중앙경찰학교에도 벚꽃이 필 준비를 하고 있었다. 그나마 날이 풀려갈 때 와서 다행이었다. 닦을 새도 없이 얼굴을 적셔버리는 눈물이 얼어붙지 않았으니까. 해랑이 가는 길목마다 사격장의 탄피처럼 눈물이 툭툭 떨어졌다.

4

호연에게서 온 연락은 없었다. 자존심 하나로 먹고사는 사람이니 숙직실 문이 닫혔을 때 영영 끝이란 걸 알고는 있었지만 그래도, 혹시나, 만에 하나, 술김에 등등 어디서 읽어

본 각종 희망적인 가정들이 해랑의 머릿속에서 정신없이 뛰어다녔다. 괜히 진동이 느껴져 휴대폰을 꺼내보면 호연과 놀러가서 찍었던 사진으로 설정한 배경화면만 보일 뿐, 어떠한 연락도 없었다. 뭘 기대했나 싶어 헛웃음 지으려는데 불쑥 송구가 다가왔다.

"누구한테 돈 빌렸어?"

"뭐라는 거야."

"아님 연락하는 사람 있냐? 자꾸 폰을 들었다 놨다 하니까……."

"됐어. 그런 거 아니거든."

송구가 옆에 털썩 앉자, 송구의 어깨에 부착된 경장 계급 표가 해랑의 시선에 들어왔다. 무궁화 봉오리 두 개인 순경 계급 표에서 봉오리 한 개가 더 늘어난 모습이었다.

"거기서 거기일 줄 알았는데. 막상 보니까 봉오리 두 개랑 세 개는 천지 차이네……."

해랑이 살짝 감탄한 듯 중얼거리자 신이 난 송구가 어깨를 과하게 으쓱거리며 떠들썩하게 말했다.

"천지 차이지! 야, 이거 무게감도 장난 아니야. 봉오리 한 개 더 늘어났다고 괜히 어깨까지 아픈 것 같아. 이러다 경사 달면 오십견 오는 거 아닌지 걱정된다니까?"

"그래서 고위직들이 손가락 하나 까딱 안 하나? 계급장 때문에 팔이 아파서?"

"그 사람들을 너무 욕하진 말자. 우리도 나중에 그렇게 물들지 모르잖아."

해랑이 휴대폰을 주머니에 쑤셔 넣자, 이제는 송구가 자신의 휴대폰을 꺼내서 실시간으로 올라오는 스포츠 뉴스를 읽기 시작했다. 송구 말에 의하면 야구팀은 스스로 선택하는 게 아니라 이미 야구팬인 부모님에 의해 점지되는 거란다. 송구는 부모님을 두고 이왕 좋아할 거 좀 성적도 좋고 구단주도 빵빵한 곳을 좋아하지, 왜 만년 꼴찌 팀을 좋아해서 자신에게 이런 가혹한 시련을 내리느냐며 자주 툴툴거렸다. 시범 경기부터 아슬아슬한 경기력을 보이던 참수리 피어스는 송구의 불길한 직감대로 시즌 초반부터 연패를 기록 중이었다.

"우리 팀 타자들은 계급장도 안 달고 다니는데 왜 어깨를 잘 못 쓸까? 오늘도 물 방망이네⋯⋯."

침울하게 중얼거리던 송구도 휴대폰을 바지에 쑤셔 넣었다. 어찌나 깊이 쑤셔 넣는지, 주머니가 아니라 어디 구덩이에 파묻는 것처럼 보였다. 아무리 깊게 묻는다고 한들 꼴찌를 기록하는 참수리 피어스 팀의 성적까지 가릴 순 없는 노릇이겠지만.

"야구장은 언제 갈래? 나 승진 선물로 같이 참수리 경기

봐주기로 했잖아."

"너 매번 경기 볼 때마다 화만 내는 것 같은데……. 꼭 봐야겠어?"

해랑은 송구의 얼굴이 실망감으로 물들기 전에 얼른 덧붙였다.

"가기 싫다는 게 아니라! 실제로 지는 모습 보면 더 화날까 봐……. 아, 물론 참수리 팀이 이길 수도 있지만!"

"그건…… 어쩔 수 없는 야구인의 운명이야. 이기든 지든 화는 무조건 나게 돼 있어."

"그럼 야구인은 화를 어떻게 풀어?"

곰곰이 생각하던 송구가 어처구니없다는 듯 희미한 소리를 내며 웃었다.

"야구 보면서 풀지."

"풀리는 거 맞아?"

"꼭 웃어야만 화가 풀리는 건 아니니까. 뭐, 길길이 화를 낸다고 해서 걱정하지 않는다는 것도 아니고. 방식이 긍정적이라곤 말하기 어렵겠지만 감정이란 게 곧이곧대로 나오는 게 아니잖아."

뭐든지 자기 마음대로 휘둘러야만 직성이 풀리는 호연이었다. 지금도 찡그린 표정밖에 떠오르지 않는데, 그 모든 것이 사랑이었다고 말할 수 있을까? 호연은 언제나 해랑에게 복잡함만 안겨주었다. 혼자 고요하게 있다 보면 불안함의 탈을 쓴 갖가지 생각이 아나콘다처럼 몸을 옥죄어왔고, 그 탓에 속이 시끄러워진 해랑은 그냥 야구 경기를 보는 송구 옆에 앉아 있기 일쑤였다. 어느 투수의 승 수가 얼마인지, 어느 타자의 타율이나 출루율이 얼마인지 줄줄이 나열하는 송구의 목소리를 듣다 보면, 처음 접하는 용어와 복잡한 셈법 덕에 해랑의 불안이 자리를 잡지 못하고 흩어지곤 했으니까. 종교가 없는 해랑은 사람들이 이런 내면의 복잡함을 없애기 위해 주기도문을 외우고 불경을 읽는 거였구나, 하는 깨달음을 얻었다.

"우리 내년에 다른 데 가야 되잖아."

"그치."

"넌 어디 지원할 생각이야?"

"글쎄. 나는 너 따라가고 싶은데……. 다음 발령지에선 찢어지겠지?"

송구는 산책 금지령을 받은 강아지처럼 축 처진 얼굴로 되물어왔다. 얘는 내가 어제 어떤 하루를 보내고 옆에 앉아 있는지 알긴 할까? 해랑은 문득 궁금해졌다. 왜 야구 선수들에겐 그렇게나 많은 수식어와 계산식이 붙는지 물었을 때, 야구는 기록의 스포츠라서 그렇다는 건조한 대답이 돌아왔었다. 그때 해랑은 뭐라 했던가. 안 좋은 기록도 많을 텐데 굳이 끄집어내서 줄줄이 꿰고 다니는 건 잔인한 행동 아니냐고 그랬던가. 자신이 던진 질문은 잘 기억나지 않았지만, 송구가 했던 대답은 또렷하게 기억한다. 모든 기록을 합쳐야만 보이는 게 있다고 했었지. 그러니까 몇 번의 실수 같은 건 선수 생활에 어떤 오점도 남길 수 없다고, 스스로 그만두기 전까지 찍히는 점은 마침표가 아니라 쉼표일 뿐이라던 말. 해랑에겐 창고에서 언제든 꺼내 쓸 수 있는 지역 경찰 수첩이 현묵에겐 위로가 됐던 것처럼, 매년 꼴찌를 도맡은 팀을 포기하지 않고 지지하는 송구의 응원이 해랑에겐 햇살이었다. 해랑과 호연의 일을 송구가 알게 되면 그것은 그들의 쉼표가 될까, 이 관계의 끝을 알리는 마침표가 될까.

"멀리 안 갈 테니까 걱정 마. 너나 어디 멀리 가지 마. 승진도 제일 먼저 한 주제에……."

"내가 갈 데가 어딨어? 한 군데뿐이야. 나 안 보이면 거기로 찾아와."

"어디?"

송구가 눈썹을 치켜올린 해랑을 보며 장난스럽게 웃었다.

"어디긴 어디야? 참수리 피어스 홈구장이지."

5

"너거들 배 안 고프나?"

정열이 입맛을 다시며 얘기하기 무섭게 대복이 시계를 돌아봤다. 정열은 자정만 되면 배꼽시계가 울리는지, 매번 비슷한 타이밍에 야식 이야기를 스리슬쩍 꺼냈다. 하지만 정열을 제외한 모두에게 전혀 달갑지 않은 제안이었다. 이들 모두 언제 신고가 들어올지 몰라 긴장 상태인 데다가 정열이 좋아하는 야식 메뉴는 대부분 소화 불량을 일으키기 때문이었다. 예를 들면 피자나 치킨 같은 것. 무건은 몸매 관리한다고, 치운도 밤에는 입맛이 없고 더부룩하다며 거절하는 통에 정열은 주로 만만한 대복을 물고 늘어지곤 했다. '너거들'이라고 말했지만 실상은 대복에게 하는 말이었다. 대복도 그 사실을 알고 있는지라, 어색하게 웃으며 대꾸했다.

"하하. 네, 팀장님. 오늘 야간엔 신고가 적네요. 평일이라 그런가……."

대복이 말을 꺼내기 무섭게 신고 접수 알림 음이 파출소 안을 흔들었다. 담배를 물고 나가려던 치운이 "그런 말은 하지 말라니까!"라며 윽박질렀다. 오늘은 신고가 적다거나, 한가하다거나 하는 말은 지역 경찰 사이에서 퇴근 전까지 절대 해선 안 되는 금기어이기 때문이었다. 무슨 얄궂은 신의 장난이라도 있는 것처럼, 정말로 그 말을 뱉자마자 신고가 들어오는 광경을 보고 있자니 그 어떤 부적보다도 효과가 강력한 것 같았다.

"어…… . 여자 주취자가 길에 쓰려져 있다는 내용이네요."

이기지도 못할 술을 무리하게 마신 사람 탓이지만, 어쩐지 대복은 자기 때문에 신고가 들어온 것 같은 죄책감을 느끼며 작게 중얼거렸다.

"여자라꼬? 여자면 대복이 니는 여 있고 송구랑 해랑이 보내야긋네."

요구조자의 성별에 따라 업무가 크게 달라지는 건 아니지만, 신체적 접촉이 많은 주취자 신고의 경우 성별이 다르면 처리에 한계가 있기 때문에 보통 여성 주취자는 송구나 해랑이 함께 처리하는 편이었다. 무건이 벗어둔 외근 조끼를 다시 입으며 유쾌하게 말했다.

"술을 얼마나 자셨길래 집을 못 찾고 계시는지는 모르겠지만 신분증은 갖고 계셔야 할 텐데! 팀장님, 입 심심하시면 차라리 담배를 다시 피우세요. 야간 근무 때마다 야식 먹는 것보단 차라리 담배 한 대 태우시는 게 더 건강에 이롭겠네."

"됐다, 마. 우째 끊은 긴데……. 내랑 같이 가자. 해랑이가 내 파트너인데 조장이 가만있을 순 없지! 치운이랑 대복이는 상황 근무 대비하고 있그라. 오늘 야식은 글렀구만."

뱃살이 두둑한 정열은 앉고 일어설 때마다 고함 비슷한 신음 소리를 냈는데, 조수석에 앉을 때도 어찌나 끙끙거리며 털썩 앉았는지 순찰차가 기우뚱거리는 느낌마저 들었다. 해랑은 정열과 2년째 같은 조로 일하고 있지만, 순찰팀장인 정열은 일반 팀원에 비해 순찰 근무 시간이 많지 않았고 대부분 파출소에 대기하며 방문 민원인을 상대하는 상황 근무로 편성되었다. 때문에 해랑은 송구나 대복과 동기임에도 불구하고 현장 대처 능력이 떨어진다는 생각을 스스로 하고 있었다. 신고나 민원 처리 경험이 절대적으로 부족하다 보니 어떤 일을 하기에 앞서 덜컥 두려움부터 밀려왔고, 불안과 강박이 심한 해랑의 기질과 합쳐지면서 부정적인 에너지를 양껏 분출하는 악순환이 계속되었다. 순찰차 운전조차 익숙하지 않은 상황에서 어느덧 연차는 쌓이고 벌써부터 후배 기수들이 들어오기 시작하는데······. 정작 송구와 헤어지기 싫은 사람은 해랑 본인이었다. 송구나 대복이 없다면 자신의 부족함을 성심성의껏 도와줄 사람이 있을까? 핸들을 쥔 해랑의 손이 삽시간에 굳어갔다.

"해랑아, 뭔 놈의 긴장을 그리 해쌋노."

"······네?"

"별것도 아닌데 손을 발발 떨어싸. 와, 뭐 걱정되는 거 있나?"

해랑이 옆을 돌아보니, 팔짱을 낀 정열이 심드렁함과 걱정이 섞인 오묘한 표정으로 자신을 바라보고 있었다. 해랑은 야식을 거절하려던 대복보다도 어색한 미소를 지으며 답했다.

"아……. 신고는 항상 긴장돼서요. 어디서 누가 뭘 하고 있을지 모르니까……."

"다 그렇지, 뭐. 인생이 다 글치. 어디서 누가 뭘 하고 있을지 우째 알긋노. 어디서 누가 뭘 하고 있을지 안다고 한들 긴장이 덜 되긋나? 아이다. 앞이 막막한 건 다 똑같은 기라. 우리가 알든 모르든 간에."

중앙경찰학교에서는 학급마다 담당 지도관이 정해졌다. 호연과는 그렇게 만났다. 많은 동기들이 호연을 흥미롭게 생각했는데, 경찰대 출신이면서도 경찰청 내근 부서에 있는 대신 중앙경찰학교에서 지도관을 하고 있다는 점에서 그랬다. 지도관 중에 계급이 가장 높았지만 나이는 가장 어린 점도 한몫했던 것 같았다. 지도관이 진행하는 교육생 개별 상담에서 처음으로 둘만의 자리를 가졌던 그날, 지금 알게 된 사실들을 미리 알았더라면 해랑은 마음을 덜 다쳤을까?

"그래도 알면…… 대비라도 하지 않을까요? 그럼 실수도 덜 할 수 있고 최악은 피할 수 있을 것 같아요."

사람과 사람 간의 관계에 있어서 최악은 무엇일까? 아예 연을 끊는 것? 확실한 마무리 없이 스리슬쩍 멀어지는 것? 더 이상 쌓을 추억이 없어 과거의 기억만 끊임없이 재조립 하며 헛헛한 희망을 품는 것? 시끄러운 내면을 고요한 표정으로 감춘 해랑을 보던 정열은 팔짱을 풀더니 두둑한 배를 한번 쓰다듬었다. 소중한 무언가를 품고 있는 사람처럼.

"만사가 다 그런 기지. 안다꼬…… 뭘 피할 수 있긋노. 내가 지금까지 삼십 년 동안 경찰 밥을 묵고 살았어. 별의별 이야기를 듣고, 참 희한하게도 사는 놈들을 어마무시하게 봤그든. 내는 특히 뻔한 죄를 짓고 사는 놈들이 통 이해가 안 가드라고. 시시티브이 있는 거 뻔히 알면서 당장 배가 고파 물건 집어 드는 놈들이나, 오만 사람이 뻔히 보고 있는데 때리고 간다거나 하는 놈들 말이다. 하루는 내가 조사하다가 궁금해서 물어봤그든. 야, 이 자식아. 니는 전과가 없는 놈도 아니고 그리 허술하게 범죄 저지르면 반나절 만에 잡힐 거 똑똑히 아는데 왜 그랬냐고. 그니까 그 자식이 뭐라 했게?"

신호등이 빨간색으로 바뀌자, 해랑은 조수석으로 고개를 돌렸다. 정열은 다시 팔짱을 낀 채였다.

"다 알지만 어쩔 수 없었다 카데. 돌아가도 똑같이 했을 기라네. 그때 깨달았던 것 같다. 이것저것 생각하지 말아야 겠다꼬. 고마 다 어쩔 수 없는 일이었던 기라……. 그리 생각하니 마음이 편해지더라. 도둑놈한테도 배울 건 있더라고."

물건을 훔치는 게 어쩔 수 없는 일이라면, 마음 훔치는 것
도 당연히 어쩔 수 없는 일이었을까? 두 경우는 너무 차원이
다른 비교가 아닌가? 정열이 교훈을 얻는 지점이 다소 의아
하면서도, 핸들을 쥔 손이 조금은 차분해지는 것 같았다.

6

"야, 하 순경. 넌 질투도 안 나냐?"

"예? 무슨 질투요?"

담배를 피우고도 입이 심심한지, 용희 책상 위에 놓여 있
던 사탕 하나를 주워 먹은 치운이 대복을 보며 계속 이죽거
렸다. 대복은 치운과 단둘이 남겨지느니 지금이라도 당장
송구와 해랑이 있는 현장으로 달려가고 싶은 심정이었다.

"참 나, 이거…… 넌 승진욕도 없냐? 어? 순경치고는 나이
도 어린데. 네가 잘만 하면 총경을 달아볼 수도 있다고. 요새
애들은 승진도 빨리빨리 잘하잖아?"

대복이 멋쩍게 미소만 짓자 치운은 답답한 듯 대복 쪽으로
몸을 붙여왔다. 그와 가까워지자 대복은 주취자가 꼭 신분증
을 갖고 있어서 현장이 빨리 해결되길, 그래서 다른 팀원들

이 어서 파출소로 복귀하기를 진심으로 바랐다.

"강송구 봐라. 몸도 작고 비실비실한 줄 알았더니 언제 독하게 앉아서 공부했대? 여기 관리반 진용희도 경위까지 쭉 시험 승진했잖아."

"그래요? 대단하시네요. 계속 시험으로 승진하신 줄은 몰랐는데……."

"바보 같긴! 입 벌리고 구경만 할 참이야? 첫 계급부터 벌어지기 시작하면 나중엔 걷잡을 수 없이 벌어진다고!"

"음……. 동기들이 잘되면 저한테도 좋은 거 아닌가요? 다 같이 잘되면 좋잖아요."

"진짜 그렇게 생각해? 높은 자리에 올라가고 나서도 걔들이 아이고, 내 동기님, 하면서 챙겨줄 것 같냐? 이 조직이 그렇게 아름답게만 굴러갔으면 내가 이 꼴로…… 아니다. 됐다, 으휴! 성격이 그렇게 물러서 어디 쓰겠어? 쯧, 물에 물 탄 듯, 술에 술 탄 듯……. 독한 맛이 있어야 날 기억해주는 놈도 있는 법이야!"

치운은 헤실헤실하고만 있는 대복이 진심으로 안타깝다는 듯 계속해서 혀를 끌끌 찼다.

"기억 안 해주면 또 어때요? 그리고 송구랑 해랑이가 암만 올라간다고 해도 저를 무시할 것 같진 않은데……."

"넌 사람을 믿어?"

비아냥거리는 투로 껄렁하게 묻는 치운에게, 대복이 조금
은 강하게 대답했다.

"네. 안 믿을 이유가 있나요?"

"……앞으로 무진장 늘어날 거다. 차라리 처음부터 불신
하고 시작해."

"그러면 마음이 너무 힘들지 않을까요?"

"애초에 싹 다 무시하고 가는 게 믿는 놈한테 발등 찍히는
것보단 덜 아파."

치운은 20년이 넘는 경찰 생활이 무색할 정도로 주위에
친한 동료가 없었다. 보통 한 경찰서에 오래 근무하면 경
력이 쌓이면서 모르는 직원이 없기 마련인데, 치운은 차라
리 모르는 사이인 게 더 낫지 않을까 싶을 정도로 많은 이들
과 척을 지고 지냈다. 다른 사람들이 자신을 좋아하지 않는
다는 사실을 치운 역시 모르는 바 아니었기에, 경찰서에 가
야 하는 업무는 남에게 미루고 순찰차에서 절대 내리지 않
던 치운의 꼿꼿한 등이 그의 마지막 자존심일 거라고, 대복
은 생각했다. 그게 스스로를 더 외롭게 만드는 길일지언정.
그렇지만 나중에 발등이 찍힌다 한들 그건 나중의 일이니까
지금은 사람들과 어울리며 시간과 마음을 나누는 게 더 좋
지 않나?

대복은 고위직이 됐을 송구의 미래를 상상해보았다. 송구

가 하는 갑질이라고 한다면 강제로 참수리 피어스 팀의 경기를 보자고 한다거나, 중계 중인 응원 방에 들어가 응원 댓글을 남기라고 하는 수준일 것 같았다. 해랑이 할 만한 갑질은 뭐가 있을까? 꽤 진득하게 고민해봤지만 선뜻 떠오르는 게 없었다. 도통 자기 얘기를 하지 않으니 속내를 알 수 없고, 무엇보다 앙다문 것 같은 통통한 볼살이 해야만 하는 말을 가두고 있는 듯한데…… 해랑의 얼굴을 떠올리자, 대복은 급격히 달아오르는 기분이 들었다. 경장으로 진급한 송구에겐 별생각이 들지 않고 여전히 자신과 같은 순경인 해랑에게 알 수 없는 감정이 들다니. 치운에게 말해봤자 아무런 도움이 되지 않을 것 같아서 대복은 입을 다무는 쪽을 선택했다. 해랑처럼 볼을 통통하게 부풀려보았다. 말을 삼키는 데 제법 효과적이었다.

7

"아이고오…… 술을 많이 자셨네."

전봇대 근처에 쓰러진 여자를 보며 무건이 심각한 표정으로 중얼거렸다. 만취해 길에서 자던 여자를 지나가는 행인이 발견한 후 신고한 상황이었는데, 혼자 술을 마셨는지 다른 일행은 보이지 않았다.

"으아……. 병원으로 옮겨야 하는 거 아닐까요?"

누운 상태로 구토를 했는지 여자의 얼굴과 머리카락은 토사물로 뒤덮여 엉망이었다. 희미한 신음 소리를 뱉은 송구는 혹시나 토사물 때문에 호흡이 곤란할까 봐 물티슈로 여자의 얼굴을 닦아주었다. 손가락에 얕은 바람이 닿는 것으로 보아, 쌕쌕거리며 잠든 것 같았다.

"주취자 받아주는 병원이 어딨어? 구워 먹든 삶아 먹든, 어떻게든 집 주소 알아내서 데리고 가야지. 송구야, 이분 주머니 좀 뒤져볼래? 파출소로 모시고 가긴 어려울 것 같으니까 여기서 해결하자."

무건의 지시에 따라 송구는 여자의 코트부터 더듬었다. 계절에 맞게 두께가 적당한 코트가 바닥에 뒹굴면서 엉망이 된 모습이었다. 송구는 저도 모르게 코트에 생긴 얼룩이 드라이클리닝으로 지워질지 걱정되었다. 자신과 비슷한 나이로 보여서 더 동질감이 생겼는지도 몰랐다.

"코트엔 없고……."

"바지 뒷주머니도 없어?"

"여자들은 뒷주머니보단…… 가방에 주로 지갑을 넣고 다닐걸요? 그리고 보니 이분 가방이 없네요. 설마 누가 가져간 건 아니겠죠?"

"신고자가 발견했을 때도 짐이 없다곤 했는데……. 나도 이상하다는 생각은 했어. 일단 지갑부터 찾아보고 나오는 거 없으면 시시티브이라도 돌려봐야지, 뭐. 다행히 이 전봇대에 방범용 하나가 붙어 있네."

바지 뒷주머니 대신 앞주머니에서 두툼한 게 만져지자 송구는 '유레카'처럼 "찾았다!"를 외쳤다. 들뜬 마음으로 꺼내보니 신분증이 들어 있는, 경찰관에겐 실로 완벽한 지갑이었다. 때맞춰 해랑과 정열이 탄 순찰차도 현장에 도착했다.

"팀장님, 이분 신분증 찾았어요!"

송구가 활짝 웃으며 두 사람을 반겼다. 무건은 벌써 신분증 정보를 대복에게 무전으로 알리며 신원 조회를 요청하고 있었다. 함께 사는 가족이 있다면 제일 좋았고, 혼자 살더라도 집 주소를 알아내면 문제 될 게 없는 아주 깔끔한 마무리였다.

"하이고오……. 암만 그래도 술이 저리 떡이 될 때까지……. 좀 일으켜봐라. 어쨌거나 차에 태우긴 해야 할 거 아이가."

정열이 혀를 쯧쯧 차며 고개를 돌렸다. 자기 딸이 술 마시고 길에서 저렇게 잠들면 어쩌나, 싶은 복잡한 표정이었다. 해랑이 여자 앞에 쭈그리고 앉자, 송구도 따라 앉으며 중얼거렸다.

"얼굴에 묻은 토는 내가 대충 닦았어. 신분증 보니까 나이는 우리랑 동갑이고 이름은 정수현이야."

"……기절한 거 아니지?"

"주무시는 것 같아. 아까 확인했어."

"팀장님이 일으켜보라시는데……."

"……앉으면 토하는 거 아닐까? 여기가 변기 앞인 줄 알고……."

해랑과 송구가 불길한 눈빛을 교환했지만 주어진 임무가 확실했으니 더는 지체할 수 없었다. 해랑이 수현의 손을 붙잡고 조금씩 끌어당겼다.

"정수현 씨……. 끙……. 일어나보실래요? 저희 경찰관입니다. 댁에 가셔야죠."

"그래요, 수현 씨. 정신 좀 차려봐요."

수현의 몸에 손가락 하나 대지 않고 옆에서 입으로만 도와주는 송구가 황당해서 해랑이 웃으려던 찰나, 갑자기 눈을 번쩍 뜬 수현이 해랑의 품에 폭 안겨버렸다. 놀란 송구는 뒤로 넘어졌고 해랑은 코를 찌르는 토사물 냄새에 정신이 아득해졌다. 그러거나 말거나 해랑에게 안긴 수현은 별안간 목 놓아 울기 시작했다.

"으앙, 흐아아앙!"

"수…… 수현 씨! 괘, 괜찮아요? 잠깐 좀……."

수현의 머리를 밀어내려 애썼지만 그럴수록 수현은 해랑의 가슴팍에 얼굴을 비비며 대성통곡할 뿐이었다.

"나쁜 자식! 그…… 껵……. 나, 나쁜 자식이이……!"

"무, 무슨 일이신지 모르겠지만 이것 좀……."

"어떻게 그럴 수 있냐고요, 이 나쁜 놈아아아! 아주 그냥 근무평가 엉망으로 받고 승진에 뚝 떨어져라! 이 나쁜 놈아!"

양념을 치댄 김장 배추처럼 토사물로 완벽히 코팅된 수현의 머리카락까지 자신에게 닿자, 해랑은 모든 걸 포기하고 수현을 안아주는 수밖에 없었다. 송구는 안됐다는 눈빛을 보내며 탈의실에 여분 근무복이 있다는 얘기를 희소식처럼 전하려 애썼지만 큰 소득은 없었다. 수현이 이렇게 반응할 걸 알았다면, 해랑은 수현을 깨우지 않았을까? 송구가 대신 깨우도록 유도했을까? 정열의 말은 과연 사실이었다. 이렇게 될 거라는 걸 알고 있었다고 한들, 해야 할 일은 해야만 했으니 결국 어쩔 수 없는 일이다. 물론 범죄를 저지르지 않는 선에서. 어쩔 수 없는 일은 그 순간이 지나야만 평가를 내릴 수 있고 평가가 끝난 다음엔 그다음 할 일을 생각하면 그만이다. 이를테면, 어서 수현을 집에 데려다주고 탈의실에서 옷을 갈아입는 일 같은 것.

수현을 다시 만나게 된 건 뜻밖의 일이었다. 그로부터 며칠 지나 해랑의 주간 근무 때 수현이 우당 파출소로 찾아온 것이다. 입구에서 망설이다 마침내 파출소로 들어온 수현은 당시 자신을 집에 데려다준 경찰관에게 감사를 전하고 싶다며 소심하면서도 단단한 결심을 내비쳤다. 주차장에서 해랑과 독대하게 된 수현은 다짜고짜 머리부터 깊이 숙였다. 품에 안길 때도 예고 없이 들어오던 모습이 생각나 해랑은 조금 웃었다.

"죄, 죄송합니다! 제가 그날 너무 추태를 부려서…….부모님께 다 들었어요. 정말 몸 둘 바를 모르겠네요…….."

"에유, 잘 들어갔으면 됐죠. 속은 좀 괜찮으세요?"

"경찰관님, 토 많이 하면 숙취 없는 거 아시죠. 그날 마신 거 다 토했더니…… 다음 날 멀쩡했어요."

코를 찌르던 토사물 냄새가 생각난 해랑은 얼굴을 찡그리지 않으려 애썼다.

"앞으론 그렇게 많이 드시지 마세요. 요즘 세상이 워낙 험하잖아요. 주취자들 소지품 털어 가는 일도 있고 하니까……. 그런 일엔 휘말리지 않는 게 상책이에요."

"헤헤, 네……. 감사합니다. 사실 이별했거든요, 그날. 아!

저 그런 사람 아니에요. 헤어졌다고 막 술 퍼마시고 그런 사람은 진짜 아니거든요! 저도 최악이라 생각하고요, 그런 부류는!"

수현은 자기가 말해놓고도 민망한 듯 연신 손바닥을 휙휙 흔들며 강하게 항변했다.

"뭔가…… 좀 그랬나 봐요. 제가 회사에서도 진작 승진했을 연차인데 며칠 전에 또 밀렸더라고요. 그것도 무려 이 년 후배한테요! 사내 연애였는데 그 사람도 갑자기 헤어지자고 하고. 승진도 못 하고 경력 인정도 못 받는 내 처지가 초라해서 다들 떠나는 건가……. 나는 하루하루 열심히 보낸 죄밖에 없는데……. 뭐 그런 생각에 계속 마시다 보니……."

주절거리던 수현은 "제가 별 얘길 다 하죠?" 하며 민망한 듯 머리를 긁적였다. 수현의 머리카락 사이사이에서 기분 좋은 샴푸 향이 날아들었다. 수현이 감사의 표시로 받아달라며 피로회복제를 건네자 해랑은 그 손을 물끄러미 보다가 잡은 뒤 잔잔하게 웃어주었다.

"야구 봐요?"

"네? ……아뇨. 잘 몰라요."

"저도 잘 모르는데, 야구를 아주아주 좋아하는 친구가 하나 있거든요. 걔가 맨날 하는 말이 잘 쳐봐야 3할이라는 거예요. 열 번 중에 세 번만 치면 세계적인 야구 선수가 될 수 있대요."

"와…… . 멋진데요."

"그러니까 7할은 신경 쓰지 말고 남은 3할을 잘하도록 노력해봐요. 사실 저도 이별했거든요. 그날 즈음에……. 저도 별 얘길 다 하죠?"

우당 파출소 주차장에서 공놀이를 하려고 기웃거리는 초등학생 무리가 해랑과 수현의 눈치를 살피다 떠났다. 이들은 동네 한 바퀴를 돌다 다시 올 것이다. 늘 그랬던 것처럼.

"언제 한번…… 사석에서 뵙게 되면 술 한잔 사드릴게요. 같이 이별한 동기니까."

"좋죠. 동기 사랑이 나라 사랑이잖아요."

해랑과 수현이 손을 잡고 선 모습을 보고 송구가 궁금해하며 힐끔거리는 게 느껴졌다. 쟤도 양반은 못 되겠다고, 해랑은 생각했다.

3장
평균 자책점

1

　벚꽃의 꽃말은 신고였던가? 벚꽃이 떨어지기 무섭게 우당 파출소에 접수되는 신고 건수도 폭증하기 시작했다. 112 신고라는 게 대부분 사람 문제로 발생하는 것인지라, 날이 풀리면서 유동 인구가 많아지니 그만큼 신고가 늘어나는 건 당연한 결과였다. 서서히 늘어나면 적응이라도 했을 텐데. 명절을 맞이한 백화점 물류센터를 방불케 할 정도로 쏟아지는 신고에 주간 근무와 야간 근무를 막론하고 송구는 지치기 시작했다. 신고의 경중을 떠나서 결국 몸을 써야만 하는 지역 경찰의 업무 특성상, 송구뿐만 아니라 모두들 지쳐가는 시기였다. 팀장과 팀원들의 갖은 짜증을 받아주느라 관리반 용희의 심기도 뾰족하다 못해 무엇이든 뚫을 창처럼 진화하고 있었다.

"아따, 마. 날이 와 이리 덥노. 진 주임! 우리 반팔은 언제 입을 수 있노?"

목에 닿은 단추 하나를 거칠게 풀며 정열이 따지듯 묻자, 용희는 아직 하복 착용 지침이 내려오지 않았다는 답변을 기계적으로 읊었다. 이미 정열 이전에 여덟 명이 똑같은 질문을 했던 터였다. 여덟 명 중 제일 먼저 따져 물은 건 치운이었고, 이 사실을 모르는 정열이 아홉 번째 주자를 맡은 것이다.

"여가 무슨 조선시대 학교도 아니고 왜 착용 시기를 나눈단 말이고. 어? 내 참……. 요즘 학생들은 교복도 제대로 안 입고 댕겨도 된다 카드만. 우리 딸내미 보니까 교복도 뭐 카라 티처럼 편한 걸로 나오던데, 우리는 긴 거 입을지 짧은 거 입을지도 청장 명령에 따라 움직여야 하니, 원……. 이리 꽉 막혀가 조직에 발전이 있긋나?"

"아직 사월이라 춘추복을 고수하라는 게 경찰청 답변이에요. 오월 초는 되어야지 춘추복이랑 하복 혼용 착용이 가능해질 것 같습니다."

정열은 용희의 답이 마음에 들지 않았는지 혀를 끌끌 찼다. 어찌나 세게 찼던지, 용희 얼굴에 정열의 침이 튀진 않았을지 걱정될 정도였다.

"세상만사 참말로 바빠 죽겠는데 직원들 소매 길이나 신경 쓰고 앉았으니. 깔끔하니 소매 길이 맞춰 입는다고 국민들이 우릴 좋아하기나 한다나?"

"그러게요. 올해 여름은 진짜 무지하게 더울 것 같은데……. 날씨가 벌써 심상치 않으니 대비라도 해야 할까 봐요."

무건이 정열의 투덜거림을 부드럽게 받으며 용희에게 눈웃음을 지어 보였다. 용희의 타자 소리가 조금 빨라진 것으로 보아, 사내 메신저로 누군가에게 무건 칭찬을 하는 게 틀림없었다. 아니면 투덜거리는 정열에 대한 불만을 토로하거나.

"내리쬐는 햇빛을 우째 막을라꼬?"

"마음가짐이 제일 중요한 거 아니겠습니까? 마음을 가볍게 먹는 거죠. 가뜩이나 날도 더운데 속에서 부글부글 끓는 게 없도록요. 속이 가벼우면 뭐, 날씨 정도는 이겨낼 수 있지 않을까요?"

"말은……. 니는 장가 갈 궁리나 해! 현직일 때 만나도 만나야지. 퇴직하면 짤 없어. 내가 너거 어무이면 밤마다 우느라 잠을 못 잤을 끼다. 아들 하나 있는 거 이리 덩치도 크고 얼굴도 훤하게 잘 낳아놨드만 와 장가를 안 가노?"

무건이 핫, 핫, 핫, 정직한 소리를 내며 웃었다. 분명 웃고 있지만 무술 실력을 숨기는 은둔 고수처럼 내면의 숨겨진 힘이 강해 보이는 처세술이었다.

"우리 팀장님 주식이 요즘 계속 떨어지잖아요. 제가 축의 금까지 뺏어먹을 순 없으니까 참는 겁니다."

넉살을 부리던 무건은 소파에 앉아 있던 송구의 어깨를 가볍게 톡 쳤다. 순찰 시간이 됐으니 나가자는 신호였다. 수다스러운 팀장으로부터 벗어나는 게 무건에겐 휴식보다 더 급해 보였다.

2

—우당 파출소, 여기 상황실.

신고가 접수되었음을 알리는 상황실 무전이 우당 파출소를 울렸다. 오늘만 몇 번째 울리는 알림인지, 송구는 귓구멍이 시끄러운 느낌이었다.

"지령 확인했습니다."

해랑이 대꾸하면서 상황용 모니터를 보고는 탄식을 뱉었다. 좋지 않은 분위기를 느낀 송구가 마른침을 삼키며 물었다.

"무슨 신고야?"

"맞혀봐."

"음……. 지금 시간이 저녁 아홉 시니까…… 주취자는 아닐 거고……."

"비슷해. 무전취식 신고야."

"그럴 리가! 말이 돼? 오늘 접수된 무전취식만 네 건째인 거 알아? 술집 손님들이 다 같이 담합이라도 한 거야? 오늘은 돈 내지 말고 그냥 도망가자고?"

송구는 믿을 수 없다는 듯 중얼거리면서도 순찰차 키를 챙겨 밖으로 나갔다. 주차장에선 오늘도 어김없이 공놀이를 하는 초등학생 세 명이 보였고, 무건은 골키퍼 역할을 해주며 같이 놀고 있었다. 정열이 이 모습을 봤다면 애를 그리 좋아하면서 퍼뜩 장가 안 가고 뭐 하냐고 잔소리를 퍼부을 게 뻔할 만큼 보기 좋은 그림이었다. 남자애 둘, 여자애 하나로 구성된 공놀이 모임의 멤버들은 송구를 발견하고는 더욱 재미난 표정을 지으며 한꺼번에 달려왔다.

"이모! 같이 놀아요!"

"경찰 이모 지금 어디 나가야 돼. ……근데 너희 야구는 안 좋아하니?"

"야구 그거 재미없는데에! 축구가 훨씬 재밌어요!"

"너희가 잘 몰라서 그래! 부모님이 야구 안 보시는 모양이구나? 차라리 잘된 건가. 점지된 팀이 없는 게……."

아이들의 대답을 듣고 웅얼거리던 송구가 머리를 좌우로

거세게 흔들었다. 주차장으로 나온 지 30초도 되지 않아 목적을 까맣게 잊어버리다니. 바쁜 근무 때문에 정상적인 컨디션이 아니라는 게 느껴졌다.

"무건 주임님, 무전취식 신고 들어왔답니다."

"또? 아니, 왜 식당에서 음식을 먹고 돈을 안 내는 거야? 정말 웃긴다니까……. 꼬맹이들! 이제 순찰차 나올 테니까 차 조심하고 너무 어두워지기 전에 집에 들어가. 알았지?"

우리 꼬맹이 아니거등요, 초등학교 4학년이거덩요! 합창하던 아이들은 순찰차 경광등이 켜지자 환호성을 내질렀다. 순찰차에서 창밖을 보던 무건이 피식 웃음을 터뜨렸다.

"하여튼 우리 팬은 딱 저기까지야. 촉법소년 되기 직전인 애들까지만. 저 나이 대 애들은 왜 그렇게 경찰을 좋아하나 몰라."

"저 나이가 넘으면 어떻게 되는데요?"

"팬에서…… 우리 고객으로 넘어가는 거지. 슬픈 현실이야. 그치?"

무건이 짙은 눈썹을 꿈틀거리며 낮게 웃었다. 축구공을 가슴에 꼭 품은 여자아이가 송구에게서 눈을 떼지 못하고 있었다.

"쟤들은 계속 저희 팬으로 남아 있으면 좋겠어요. 우리가 만년 꼴찌 팀이라도요."

"그러게. 소장님한테 건의해서 주차장에 골대라도 하나 만들어둬야 하나?"

"글쎄요……. 치운 주임님이 이게 뭐냐고 소리 지르실 것 같긴 한데……."

"하하하. 그럴 수도 있겠다. 치운이 형도 참……. 학교 다닐 땐 안 그랬는데 말야. 어쩌다 저렇게 고약하게 나이 들었는지 알다가도 모를 일이야. 아니, 아예 모를 일이야. 형이 저렇게 될 거라곤 아무도 생각 못 했거든."

"학교요? 주임님…… 치운 주임님이랑 동창이세요?"

"아니. 동창 아니고 동기지. 중앙경찰학교 같이 다녔으니까."

놀란 송구가 브레이크를 천천히 밟으려 애썼다. 2년 넘게 무건과 같은 순찰차를 탔으면서도 처음 듣는 이야기였다. 생각해보면 유치운 경위에게도 순경 시절이 분명히 있었을 것이고 대복과 해랑처럼 미숙한 시절을 함께한 동기도 존재했을 텐데. 고약한 중년이라고 초년 시절이 없었을 리가.

"치운이 형이 학생장 출신인 건 알아?"

"예? 학급장도 아니고 학생장요? 학생장이면 입교 기수 전체 대표잖아요."

"그치! 치운이 형이 그랬다니까. 옛날엔 몸매도 엄청 호리호리했어. 운동도 잘했고 공부도 잘하고 사격, 운전, 뭐 하나

빠지는 거 없었거든. 학생장이니까 카리스마도 엄청났지."

"근데 어쩌다가……. 아니, 그러니까 제 말은요."

말실수를 했다는 느낌에 송구는 황급히 입술을 씹었지만 타이밍이 어긋났다. 무건은 무슨 뜻인지 충분히 알겠다는 듯 킬킬거렸다.

"알아. 지금 치운이 형 모습이 볼품없다는 거. 안쓰럽기도 하고. 나는 형을 정말 믿고 따랐거든. 동기 그 이상으로……."

"……두 분이 동기인 줄 몰랐어요."

"어느 순간부터 치운이 형하고도 그런 얘길 안 해. 과거가 없는 사람처럼 굴지. 근데 송구야, 과거가 없으면 미래도 없다? 현재도 흐릿해져. 형은 항상 완벽함을 추구했어. 스스로를 갉아먹은 것 같아. 인공지능도 실수하는 세상에서 평범한 사람의 지능으로 어떻게 모든 걸 마음대로 휘두르겠냐. 서서히 승진에 밀리기 시작하면서 형은 거기에 무력함을 느꼈나 봐. 등판한 투수가 오늘 4실점 했으면 내일 경기에서 3실점만 해도 평균 자책점이 내려가잖아. 수치를 낮추려면 계속 마운드에 등판하는 수밖에 없는데……. 형은 아예 서지를 않았던 거야. 하나라도 실점하고 싶지 않다는 핑계였겠지."

평균 자책점은 스스로 '자自'에 꾸짖을 '책責'을 쓰는, 투수가 한 경기에 평균적으로 몇 점을 잃는지를 나타내는 규칙이다. 경기에서 팀을 구원할 영웅이 나타나는 건 드문 일이다. 경찰청 야구팀에서 간판 투수를 맡고 있어 자칭 '경찰청의 오타니'라는 무건도 자주 폭투를 던졌다. 하지만 그는 두렵지 않다고 했다. 내야수와 외야수를 믿기 때문에. 야수들이 있는 한 투수가 기죽을 일은 없다며 강판되면서도 웃음을 잃지 않던 그와 치운, 그들 앞에 구축된 세계의 풍경은 제법 다를 것만 같았다.

3

"이 가게는 이번 달에 접수된 무전취식만 열일곱 건인데요?"

파출소로 복귀해 사건 서류를 작성하던 송구가 놀라 외쳤다. 사건 접수 시스템에 피해자의 인적사항을 입력하면 그간 접수된 사건 목록을 볼 수 있는데, 오늘 신고자는 무전취식으로만 수십 건의 사건이 진행 중이었다. 아무리 무전취식 건수 자체가 증가하는 추세라 하더라도 유독 한 가게에서만 피해가 집중적으로 이어지는 게 평균적인 양상으로 보이진 않았다.

"이럴 수 있나요? 솔직히 이 정도면 가게 사장님도 어느 정도 대비를 좀 해두셔야 하는 거 아닌가요……. 아, 피해자 탓을 하려는 건 아니지만요."

"합의금 장사하는 놈이구만!"

뒤에서 불쑥 얼굴을 들이민 정열이 새된 소리를 냈다. 매 시즌 최악의 경기력을 자랑하는 참수리 피어스 팀의 골수팬으로서 이제 어지간한 일에는 놀라지 않는 송구였지만, 정열의 기차 화통 같은 목청에는 아직 내성이 부족한 터라 살짝 몸을 떨었다.

"과수팀이 그러던데? 요새 뻑하면 무전취식으로 신고 접수부터 해놓고 다음 날 손님이 돈 내겠다고 찾아오면 신고 기록으로 협박해서 음식 값 두 배 정도는 받는다 카데."

"그게 가능한가요? 어쨌든 돈 안 내고 간 사람이 문제인 건 맞잖아요."

"작정하고 도망간 놈들은 당연히 나쁘지! 단체로 돌아댕기는 모임은 누가 계산했겠구나 싶어서 한꺼번에 우르르 나가기도 하고, 그게 아니더라도 술 취한 상태에선 누가 계산했겠거니 싶어서 나갔다가 다음 날 술 깨고 생각해보니까 안 한 것 같아서 돌아오는 경우도 많다 카데. 가게에서 무전취식을 조장하는 기지. 일행 붙잡고 계산 안 됐다고 얘기라도 하면 될 낀데 나가는 거 고대로 보고 있다가 쏠랑 신고부터 하는 것도 옳은 짓은 아이다 아이가. 안 그렇나?"

선뜻 한쪽을 선택하기 어려운 질문에 송구가 살짝 머뭇거렸다.

"으음……. 뭔가 거기서 거기인 것 같긴 한데……. 둘 다 썩 바람직한 상황은 아니네요."

"요새 줄기차게 생기는 무인 매장들도 다 똑같다 아이가. 암만 무인으로 운영된다지만 최소한의 예방책은 둬야 할 낀데. 시시티브이만 무쟈게 달아놓음 머 하냐고? 그런 걸로 가게가 관리될 거면 다른 자영업자들이 뭐하러 사람 쓰나. 안 그냐? 돈 아끼려고 무인으로 차려놓고 거기서 일어나는 골치 아픈 일은 다 경찰한테 공짜로 떠넘기고. 자제력 부족한 얼라들이 아이스크림 보면 눈이 얼마나 돌아가겠냔 말이다. 어른이면 애들한테 암만 갖고 싶은 물건이라도 함부로 가져가면 안 된다고 가르쳐야 할 판에, 시시티브이에 찍힌 얼라 얼굴 대문짝만 하게 붙여서 동네 망신 주고, 부모 불러서 합의금 요구하고……. 참……. 내가 그 업장을 운영하는 입장이 안 돼봐서 이런 말 하는 걸 수도 있지만 쪼매 그렇네. 많이 그렇다고!"

누가 경상도 남자는 말이 없다 했던가? 정열은 한번 말을 시작하면 분이 풀릴 때까지 도통 멈추질 못하는 타입이었다. 그래도 할 말 못 할 말을 구분하지 못하고 분노만 표출하는 치운보다는 나았지만, 하루 종일 말을 들어줘야만 하는 정열의 조원 해랑의 안위가 걱정되는 건 어쩔 수 없었다. 송구의 기억에 해랑은 언제나 자신만의 취향이 담뿍 담긴 음악에 취해 살았고, 아름다운 것만 보려고 노력하는 예술인이었다. 한데 얼마 전부터 기운도 없고 원래도 말수가 적은데 아예 입이 바짝 말라버린 것처럼 보여 시들어가는 해랑의 모습이 송구는 심히 걱정되었다. 옆자리에서 112 신고 시스템을 모니터링 중인 해랑을 슬쩍 쳐다보았다. 휴대폰 한 번 보다가, 모니터 보기를 반복하는 평소 같지 않은 모습이었다. 그래서 더 쉽게 말을 걸기 힘든 분위기였다. 야간 근무 퇴근 후엔 해랑, 대복과 함께 셋이서 자주 파출소 근처에 있는 우당 시장에서 콩나물국밥을 먹곤 했는데, 요즘 근무 강도가 높아지면서 동기들과의 시간을 소홀히 한 것 같아 마음이 쓰였다. 송구가 해랑의 어깨를 톡톡 건드리려는데 대복이 파출소 문을 벌컥 열고 소란스레 들어왔다. 무슨 영문인지 대복의 바지와 신발이 홀딱 젖은 상태였다.

"머시고? 마, 암만 날이 더워도 그렇지. 옷 입고 등목이라도 했드나?"

대답할 새도 없이 대복이 다시 밖으로 튀어 나갔다. 멀리서 치운이 길거리를 나뒹구는 전단지보다 더 구겨진 표정으로 자신보다 덩치가 훨씬 큰 남자를 힘겹게 끌고 오는 모습이 보였다.

"하대복, 임마! 빨리 와서 거들라고!"

세상에서 가장 짜증스러운 말투로 으르렁거리는 치운에게 대복이 얼른 다가가 거들자 한결 수월해진 모양새였다. 송구는 후다닥 일어나 문을 활짝 열어주었다. 하반신만 젖은 대복과 달리 함께 온 남자는 온몸이 젖은 상태였는데, 추운지 덜덜 떨고 있었다.

"아따, 마…….. 우리 혁우가 또 사고 쳤구마!"

그답지 않게 허둥거리며 달려간 정열이 젖은 남자의 손을 꼭 잡아주었다. 낡은 소파 위에 앉아 몸을 오들오들 떨면서도 호기심으로 반짝이는 눈동자를 꺼뜨리지 않는 그는 우당 파출소의 단골손님인 남혁우였다. 열여덟 살밖에 되지 않았지만 키 190센티미터에 육박하는 거대한 덩치에 어울리지 않게 캐릭터가 그려진 노란 티셔츠를 입은 혁우는 중증 지적 장애와 자폐 스펙트럼 장애를 동시에 갖고 태어났다. 이탈 행동이 잦은 혁우는 그만큼 112 신고에 접수되는 경우도 많아 우당 파출소 경찰관 모두 혁우의 상황과 보호자 연락처, 주거지 같은 기본 정보를 알고 있었다.

"대복이 니도 옆에 앉아서 혁우 손 좀 잡아주라. 야가 꼴이 와 이렇노?"

혁우는 유독 대복을 좋아해서, 흥분이 가라앉지 않아 통제가 어려운 상황에서도 대복이 등장하면 곧잘 수그러들곤 했다. 해랑이 샤워실에서 가져온 수건을 대복에게 내밀었다. 기운이 없어서 동작이 굼떠진 줄 알았더니 언제 수건을 가져올 생각을 했대? 혁우의 모습에 놀라고만 있던 송구는 발 빠른 해랑의 대처에 내심 감탄했지만, 정작 해랑의 표정은 차분할 뿐이었다. 너무 차분해서 냉정하게까지 보이는 얼굴이었다. 치운은 대복의 손에 들린 수건을 무례하게 뺏어 들고는 혁우의 팔이 닿았던 부분을 벅벅 문질러 닦으며 내씹듯 말했다.

"낙루천에 누가 뛰어들었다는 신고 받고 갔더니 글쎄, 혁우더라고요. 아, 쫌만 늦었으면 큰일 날 뻔했어! 물가에 있어서 망정이지. 낙루천이 보기보다 수심이 깊고 물살도 빠른데 중앙으로 더 들어갔으면 어쩔 뻔했냔 말야! 줄초상이지, 아주 그냥!"

송구는 여전히 무건이 이야기해준 치운의 과거와 눈앞에 보이는 현재 모습 사이의 괴리를 믿을 수 없어 그를 뚫어지게 바라보았지만, 짜증스레 물기를 터는 손가락에서조차 학생장의 기운은 느껴지지 않았다. 수건을 뺏긴 대복은 잠깐 주위를 둘러보다 수건을 대체할 만한 물건이 없다는 사실을 확인하곤 손바닥으로 조용히 물기를 털고 있었다. 해랑이 외근 조끼의 주머니를 뒤지다 구깃한 손수건을 발견하곤 대복에게 내미는 모습이 송구의 눈에 포착되었다.

"이 동네 질이 왜 이래? 하여튼 신고가 들어와도 멀쩡한 게 하나 없이……."

"유치운이! 언제까지 씨부렁거릴 끼고? 어? 무사히 델꼬 왔음 됐지! 그게 니 일인데 그렇게 불만이 많으면 경찰 때려치우고 밭이라도 매든가!"

치운의 태도를 참지 못한 정열이 결국 고함을 내질렀다. 우당 삼총사는 긴밀하게 눈빛을 교환했다. 이 싸움이 오늘 안에 끝날지, 무력 충돌로 이어지진 않을지 촉각을 곤두세워야 했으니까. 정열의 호통에 치운도 무어라 반박하려 입을 벌리려던 순간 소파에 앉아있던 혁우가 "악!" 하며 고주파를 발사했다. 정열의 큰 소리가 무섭게 느껴진 것 같았다. 정열은 황급히 목소리를 낮추며 최대한 다정한 태도로 혁우 앞에 다가갔다. 무안해진 치운도 담배를 피우겠다는 핑계로 서둘러 뒷문으로 도망가버렸다.

"낙루천에 뛰어들었다꼬? 이눔 짜식 혁우야! 하마터면 클날 뻔했네! 우짜자고 그랬노, 엉?"

"아, 응!"

"응이라꼬? 니 거기 수질이 얼마나 더러븐지 알고나 뛰어든 기가?"

"응, 응!"

그저 신나는 일을 겪었을 뿐인지, 혁우는 해맑은 표정으로 손뼉을 치며 정열을 향해 웃어 보였다.

　"거기 물 참말로 더럽다이! 그니까 앞으로는 뛰어들지 말고 물놀이 하고 싶으면 너거 아부지한테 놀러가자고 캐라. 알긋제? 니가 좋아하는 대복이 형이랑 약속해라!"

　약속이란 말에 혁우가 새끼손가락을 빼들었다. 대복이 혁우의 새끼손가락에 제 것을 걸고 손바닥 사인과 복사 절차까지 마칠 무렵, 파출소에 또 한 번 신고 접수 음이 울렸다.

　"햐…… 오늘 하루 정신이 쏙 빠지네!"

　─우당 파출소, 여기 상황실.

　이번에도 송구보다 한발 빠르게 움직인 해랑이 무전에 답하는 모습이 보였다.

　─도박장이 있다는 신고입니다. 확인 후 보고 바람.

　"이번엔 또 도박이여?"

　"네. 보자……. 음……. 도박장 위치를 알린다는 신고네요. 공중전화로 접수된 신고입니다."

　"뻔하네. 같이 도박하다가 돈 잃은 놈이 신고한 기구만. 대복이랑 치운이는……."

　정열은 담배를 피우는 치운의 뒷모습을 가늘게 뜬 눈으로 노려보았다. 인중에 꿀밤이라도 먹이고 싶지만 애써 참는 눈치였다. 언젠가 팀장님이 참지 않고 무력으로 치운의 버릇을 고치는 날이 오면 좋겠다는 게 대복의 오랜 소원이었다.

"……혁우 잘 보고 있다가 혁우 아부지한테 연락해서 애 델꼬 가시라 캐. 옷도 챙겨 오라 카고. 무거이 조는 내랑 같이 도박장 가보자. 도박장은 어차피 머릿수 싸움이니까."

저녁을 먹은 지 한참 되었음에도 전혀 꺼지지 않은 뱃살을 툭툭 치던 정열이 천천히 독백을 이었다.

"이 아까운 밤에 인생을 낭비하는 놈들이 있는지 한번 가보자꼬."

4

경광등과 라이트까지 끈 순찰차 두 대가 허름한 기원 앞에 도착했다. 거대한 아파트 단지는 시간이 지날수록 낡을 일밖에 남지 않은 것 같았다. 그곳을 문지기처럼 지키고 선 상가 건물이 송구의 눈에 새삼스럽게 보였다. 매번 순찰 근무를 하는데도 상가 건물에 어떤 가게가 입점해 있는지 다 알고 있지는 못하다는 사실을 그제야 새롭게 깨달았다. 밤에만 열리는 꿈속 상점이 있는 것처럼, '태백 기원'이라는 간판이 오늘에서야 불쑥 튀어나온 것만 같았다. 호흡까지 자제하며 운전하는 무건 옆에서 덩달아 긴장한 송구도 괜히 몸을 낮추며 창밖을 열심히 살펴보았다.

"여기에 이런 기원이 있었어요? 애초에 기원 간판 자체를 본 적이 없는 것 같은데……."

"종종 도박 신고 들어오는 곳이야. 크게 단속 한 번 한 걸로 알고 있는데 근절이 안 되나 보다. 동네가 나이 들면 위태로운 사람들이 많이 모이는 것 같아……. 외로운 사람도 많아지고."

"아무리 외로워도 도박은 좀…… 그렇지 않나요? 도박은 완전히 범죄인데요."

"그러게. 범죄지……. 자기 인생 갉아먹는 거고 주위 사람들도 힘들게 하니까 확실히 범죄지."

"누군가를 외롭게 하는 것도 범죄일까요?"

무건은 여전히 주차할 자리를 찾으며 건조하게 대꾸했다.

"경찰은 형법만 다루는 거 몰라? 민사는 별개야. 보상 논의는 끝이 없거든."

가로등이 촘촘하지 않은 우당동은 자정이 되기 전인데도 어둑했다. 가시거리가 잘 확보되지 않아 하는 수 없이 순찰차 라이트를 켰다. 무건은 단속하러 왔다고 광고를 하는 꼴이라며 우물거렸다. 점멸등처럼 일정한 간격을 두고 깜빡거리는 기원의 간판이 도박패를 손에 쥔 이의 초조한 눈동자처럼 보이는 것도 같았다. 제대로 관리되지 않아 벽면 페인트 곳곳이 떨어져나간 상가 건물의 상흔이 더욱 깊게 느껴졌다.

우당동은 혁우가 헤엄치던 낙루천을 기준으로 좌측과 우측이 극명한 대비를 보이는 동네여서, 부동산을 주제로 다루는 방송에서도 자주 언급되는 곳이었다. 강치고는 제법 큰 폭으로 흐르는 낙루천에는 고려시대 때 자식을 잃은 여인이 흘린 눈물이 강이 되었다는 전설이 있었다. 낙루천 좌측엔 과거 1960년대 제조업이 한창 발달할 당시 지어진 수출 산업 공업 단지가 크게 자리하고 있었으나 제조업의 몰락과 함께 그 업에 기대어 생계를 유지하던 동네까지 함께 쇠락해버렸다. 과거의 영광을 알리던 녹슨 철물점들이 철거되지 않은 채 풍화되어갔고 근처의 우당 시장과 맞은편의 우당 주공아파트도 함께 녹을 맞고 있었다. 사람들은 모든 풍경을 아울러 이곳을 '좌左당동'이라 일컬었다. 반면 낙루천 우측은 일찍부터 재개발이 시작되며 완전히 새로운 동네를 이루었고 일찌감치 서울의 신흥 부촌으로 자리매김하는 데 성공했다. 사립초등학교까지 운석처럼 날아와 박히면서 그 부근의 골든리버 아파트 단지 가격이 로켓처럼 수직 상승했다. 학군 때문에 사람들이 몰리자 곧이어 대형마트가 입점했고 부동산 철옹성을 표방한 구청장이 당선되며 종합 운동장까지 유치하는 데 성공했으니, 좌당동과는 전혀 다른

성을 이룩한 셈이었다. 골든리버 아파트 단지 옆에 더욱 고급화 전략을 펼친 다이아 리버파크 단지가 들어설 예정이어서, 우당동의 부동산 분위기는 연일 끓는점에 도달한 상태였다. 다음에 생길 아파트엔 어떤 보석 이름을 갖다 붙일 거냐는 정열의 비아냥도 줄창 이어졌다. 같은 우당동이라도 좌당동과 엄연히 구분해야 한다는 가진 자의 여론 때문에 낙루천 우측은 '부富당동'으로 불렸다. 우당동 소속 기초 의원들은 부동산 광풍으로 인한 인기를 등에 업고 좌당동과 부당동을 암암리에 구분할 게 아니라 아예 행정 구역 자체를 나눠야 한다는 주장까지 펼치고 있었다.

좌당동의 상징과도 같은 우당 주공아파트는 가열된 분위기 속에서 끓는 물이 튀어 화상을 입듯 연신 시달리고 있었는데, 우당 파출소 소속 경찰관조차도 우당 주공아파트를 반기진 않았다. 집값과는 상관없이 그저 우당 파출소에 접수되는 신고의 대다수가 주공아파트에서 일어나는 까닭이었다. 발전하는 경제 속도에 탑승하지 못한 노동자들과 생기를 잃은 가족, 급격히 상승한 우당동의 집값을 버티지 못하고 밀려난 소시민들이 모이는 이곳. 다닥다닥 붙어살면서도 모두가 각자의 외로운 밤을 보내느라 서럽게 울고 소리치는 이곳. 부당동 아이들은 우당 주공아파트에 거주하는 사람들을 '우주인'이라 부르며 놀린다는 얘기를 학교 전담 경찰관으로부터 전해 들었다. 요즘 애들 진짜 잔인한데, 그런 말이 누구 입에서 제일 처음 나왔겠느냐며 고개를 젓던 선배의 모습이 송구의 눈에 선했다. 낙루천을 이루는 것은 어쩌면 우주인의 눈물이 아니었을까? 파출소 주차장에 매일 축구를 하러 오는 아이들도 우주인이었다. 허락된 공간이라곤 넓은 공원도 아니고 몇 걸음 가면 끝인 비좁은 관공서 주차장뿐이라니. 무한한 우주가 아니라 유한한 모욕뿐인 동네에, 송구는 도통 마음을 붙이기 힘들었다. 우당 파출소에서 일한 지 2년이 넘었지만 여전히 처음 발견하는 곳이 불쑥불쑥 튀어나오는 동네가 언제쯤 익숙하게 느껴질지 헤아리기 어려웠다. 송구가 혼자만의 생각에 빠져 있는 사이, 팽이처럼 같은 자리를 돌던 순찰차가 멈춰 섰다.

"여기서부턴 걸어가자. 최대한 안 보이는 곳에 주차했으니까…… 도박꾼들이 눈치 못 채길 바라야지."

룸미러로 해랑의 순찰차 역시 조심스레 멈추는 모습이 보였다. 차에서 내린 송구가 숨을 한번 크게 들이마셨다. 코끝을 건드는 물에 젖은 흙냄새가 여름의 시작을 알리려 애쓰고 있었다.

"잘도 먹네. 저 덩치에 많이 먹긴 해야겠다."

쉴 새 없이 과자를 먹는 혁우를 대단하다는 듯 보던 치운이 입가를 씰룩거렸다. 다른 조가 도박 단속을 위해 떠났을 때부터 배가 고프다고 떼를 쓰는 혁우를 위해, 치운이 우당시장에서 대용량 뻥튀기를 사 온 것이다. 조금 전 다투는 소리로 혁우를 놀라게 한 게 신경 쓰이는 듯했다.

"팀장님 맨날 입 심심하면 뻥튀기 사 오시잖아. 어디서 사는지 알고 있었을 뿐이야."

대복 앞에서 괜히 민망한 듯 치운이 혼잣말 같은 변명을 읊더니 자신도 뻥튀기 한 줌을 집어 들어 우걱우걱 씹어 삼켰다. 두 사람이 열심히 뻥튀기를 씹는 소리를 듣던 대복도 급격한 허기가 몰려오는 것 같았다. 아까 팀장님이 야식 먹자고 했을 때 냉큼 대답할걸 그랬나, 하는 후회마저 들었다. 오른손은 여전히 혁우 손을 맞잡고 있어서 왼손으로 뻥튀기를 집으려는 찰나 갑자기 파출소 문이 열렸다. 혁우와 이목구비는 닮았지만 체격은 해랑보다도 왜소한 중년 남자, 바로 혁우의 아버지인 남용범이었다. 혁우가 아빠를 알아보곤 물개 박수를 치며 일어서버린 통에 뻥튀기 봉지가 바닥에 떨어지고 말았다. 한여름에 내린 눈처럼 알알이 굴러가는 뻥튀기를 보며 대복은 아깝다는 듯 입맛을 다시다 치운의 눈치를 살폈다. 스치기만 해도 불이 붙는 성냥 같은 치운의 성격에 화를 낼 게 뻔했으니까. 과연 치운의 얼굴은 여러 색이 섞인 물감 통처럼 열이 오른 모습이었지만 아까 정열의 호통이 효과가 있었는지, 화를 삭이려 노력 중인지 어쨌든 입은 앙다문 모습이었다.

"혁우야! 무슨 일이야? 응?"

챙겨 온 수건을 아들에게 덮어주던 용범이 한숨을 푹푹 내쉬었다. 남용범이라는 이름 세 글자가 자수로 박힌 집배원 조끼를 입은 몸이 오늘따라 더욱 말라 보였다.

"혁우가 돌아다니는 게 뭐 하루 이틀입니까? 별일 아닌 걸로 끝나서 다행이죠, 뭐…….."

"아이고, 경위님……. 그게 문제 아닙니까. 이게 하루 이틀이 아니라는 게…….."

용범은 피부에 깊이 박힌 주름이 떨릴 만큼만 살짝 웃어주었다. 피곤이 역력한 모습이었다.

"어어, 바닥에 또 과자를 이렇게…….."

"아버님, 놔두세요! 제가 치우면 돼요. 어차피 곧 청소할 시간이었어요."

탕비실에서 여러 군데 이가 빠진 쓰레받기와 빗자루를 가져온 대복이 서둘러 용범을 말렸다. 혁우가 쿵쿵거리며 뛰어다니는 통에, 쏟아진 뻥튀기 대부분이 밟혀 부스러지고 있었다. 용범의 조끼에서는 땀이 났다가 마르면서 생긴 쉰내가 풍겼다. 낙루천 물에 젖은 탓에 풍기는 혁우의 쉰내와 비슷한 체취를 맡으며 대복은 청소에 집중하려 노력했다. 그 물이나 이 물이나 마음이 쓰이는 건 마찬가지였다.

"오늘 혁우도 많이 놀랐을 겁니다. 다음부터는 강물에 뛰어드는 짓은 안 하겠죠. 얘도 생각이 없진…… 않을 테니까요. 다 그러면서 배우는 거니까."

"혁우는 맨날 배고프다고 징징거리는 게 일이에요. 뭘 그리 먹어대는지, 혁우를 가만히 보고 있으면 내가 가르쳐준 모든 걸 다 같이 까먹어버리는 거 아닌가 싶네요. 부모 속 타는 줄도 모르고……. 그 사실도 까먹어버리는 거겠죠. 그래서 이리 큰가 봅니다."

혁우는 뻥튀기를 먹어서인지, 좋아하는 형 대복이 오래 손을 잡아줘서인지, 아빠가 데리러 와서인지 기분이 좋은 듯 파출소 내부를 계속 방방거리며 뛰어다녔다. 언어 능력이 두 살 수준에 머물러 있는 혁우는 단순한 감탄사 외에는 정확한 문장을 구사하지 못했기에 그저 그의 기분을 짐작만 할 뿐이었다. 적어도 이 공간에 있는 사람들을 혁우가 싫어하지는 않는구나, 싶은 짐작. 치운도 꽤 좋아하는 것으로 보아 불평을 일삼는 치운의 말투가 혁우에겐 크게 작용하지 않는 듯했다. 어쩌면 사람을 평가하는 기준이 남들과는 다를지도 모르고.

"오늘 혁우가 기분이 아주 좋은 것 같은데……. 혁우 아버지, 차 가지고 오셨어요?"

"아뇨. 차가 오래돼서 여기저기 망가진 통에 지금 수리 센터에 있거든요. 하하하. 요 앞이니까 금방 갑니다!"

치운은 무언가 마음에 들지 않는다는 듯 머리를 긁적이다, 파티션에 걸린 순찰차 키를 집어 들었다.

"하 순경, 잠깐 파출소 좀 지키고 있어. 나 혁우랑 아버님 모셔다 드리고 올 테니까. 태워드릴 테니 같이 가시죠. 혁우가 또 갑자기 튀어 나갈지도 모르고……. 자주 그러잖아요."

"예에? 아, 안 그러셔도 되는데 차암……. 이래저래 바쁘신 분들인데……."

"혁우 아버지, 세상에 돈 주고도 못 사는 게 뭔지 아세요?"

"네?"

"순찰차요. 제아무리 슈퍼카 끈다는 부자들도 순찰차는 돈 주고 못 사거든요. 그 점이 좋아서 저도 경찰이 됐지만……. 아버님은 아들 덕에 억만금을 줘도 못 사는 차를 타게 됐네. ……가시죠."

조장이 먼저 친절을 베푸는 모습을 처음 본 대복은 저 말을 하는 사람이 치운이 맞는지 의심스러워 바라보다가, 그와 눈이 마주치자 재빨리 시선을 돌렸다. 매번 독만 푸는 것 같던 입이 처음으로 경찰관이 할 법한 말을 뱉는 게 믿기지 않아, 얼른 송구와 해랑에게 지금의 광경에 대해 설명해주고 싶은 마음뿐이었다. 혁우는 차를 타고 간다는 사실이 마냥 신나는지 용범을 힘으로 잡아끌며 서둘러 나가려 했다.

"나! 가께! 나!"

"혁우, 잘 가! 아버지 말씀 잘 듣고! 아무 데나 뛰어다니면 안 된다!"

용범의 외동아들 혁우가 긴 팔을 풍차처럼 휘두르며 빠르게 멀어졌다. 순찰차가 나가는 모습을 보니, 치운은 오늘 운전마저 부드럽게 할 모양인 것 같았다. 근질거리는 입을 참으며 대복은 계속 뺑튀기 부스러기를 쓸어 담았다. 아직 마르지 않은 낙루천의 물기가 청소를 방해하고 있었다.

6

기원을 제외한 모든 가게가 영업을 종료한 듯, 상가 건물은 썰렁하다 못해 으스스하기까지 했다. 움직이긴 하는 걸까 싶은 엘리베이터가 기괴한 마찰음을 내며 서서히 송구와 무건을 향해 오고 있었다. 혹시 현장 적발 과정에서 밖으로 도망가는 일행이 있을 수 있어 정열과 해랑은 바깥에서 대기하고, 무건과 송구가 기원으로 진입하기로 한 상황이었다. 송구는 침을 꼴깍 삼켰다. 꼭 부모님이 주무시는 상황에서 컴퓨터 본체를 켤 때처럼, 엘리베이터의 움직임이 이륙하는 비행기 소음만큼이나 크게 들렸다.

"······건물이 쥐 죽은 것 같네요."

딱딱한 분위기를 깨기 위해 아무 말이나 꺼내보았지만 무건조차 긴장했는지 송구에게 별다른 호응을 해주지 않았다. 엘리베이터에 타고서 닫힘 버튼을 연타하던 그때, 갑자기 두툼한 손 하나가 문 사이에 끼어들었다.

"윽, 실례합니다!"

"으, 으아! 죄송합니다."

덩달아 놀란 송구가 얼른 열림 버튼을 누르자, 송구와 무건의 옷차림을 본 중년 남성도 화들짝 놀란 눈치였다. 그는 커다란 페인트 통을 안고 있었는데, 무게감이 느껴지진 않는 것으로 보아 빈 통인 것 같았다.

"몇 층 가세요?"

무건의 질문에도 답을 하지 못하던 그는 누가 봐도 어색하게 손사래를 치고는 아무런 말이 없었다.

"······삼 층 가세요?"

"아, 하하, 예!"

3층까지 올라가는 억겁의 세월 동안 페인트 통을 든 남자는 수상하리만큼 송구와 무건을 위아래로 훑었다. 건물 엘리베이터를 탔을 때, 탑승자들은 종종 난데없는 경찰관의 등장을 궁금해하곤 했다. 무슨 일로 오셨냐, 큰 사건이 났냐, 혹시 살인 사건이냐는 질문을 자주 받았던 터라 대충 그런 궁금증에 보는 거겠지 하며 넘기고 싶었으나, 남자의 눈빛은 호기심보단 수상함에 가까웠다. 이상함을 떨칠 새도 없이 엘리베이터 문이 열렸고 밖으로 나가려던 그 순간 남자는 페인트 통을 복도에 집어던지더니 송구를 뒤에서 껴안고 굴러버렸다.

"악!"

"야아아아아아아아!"

남자는 이해할 수 없는 괴성을 지르며 송구를 안은 자세 그대로 뒹굴었고, 어찌나 완력이 센지 무건의 힘으로도 맞잡은 손이 떨어지지 않았다.

"팀장님! 삼 층 지원 바랍니다!"

지원 요청 무전을 날린 무건이 본격적으로 남자에게 달려들면서 삼파전이 되었다. 송구도 나름대로 벗어나려 했지만 남자의 손은 잔뜩 엉킨 밧줄이라도 된 듯 도통 풀리지 않았다. 페인트 통을 들고 다니는 것도 뒤에서 습격하기 위한 일상의 대비였을까? 현실의 당혹스러움을 잊기 위해서인지

쓸데없는 상상이 자꾸만 치고 들어오는 통에 송구의 정신은 점점 아득해져만 갔다.

"이, 이기 뭐꼬! 뜯어내라!"

어느새 달려온 정열이 기겁하면서 참전하고서야 남자는 송구의 몸에서 분리되었다. 무건이 미란다 원칙을 고지하며 남자를 사납게 체포하는 모습이 설핏 보였다. 표정 변화는 크게 없지만 얼굴색은 하얗게 질린 해랑이 송구를 일으켜주었다. 습격보단 포박을 당한 것에 가까웠기에 다행히 다친 곳은 없었지만, 저런 남자에게 너무도 손쉽게 당했다는 사실이 송구의 울분을 치솟게 만들었다. 중앙경찰학교에서 혼나가며 배우고 익힌 체포술이 하나도 도움 되지 않는다는 걸 절실히 알았기에 억울한 마음까지 일렁였다. 송구와 무건에겐 남자를 단숨에 제압할 수 있는 다양한 경찰 장구와 장비가 있었지만 목숨이 급박한 상황이 아니라면 사용할 수 없었다. 그러한 현실의 벽이 너무 높게만 느껴졌다. 남자에게 수갑을 채운 무건의 모습을 보며 든든함보다 걱정이 더 앞섰던 건, 얼마 전 근무 중인 경찰관이 파출소에서 난동을 부린 주취자에게 뒷수갑을 채웠다가 과한 처사라며 주취자에게 금전적으로 보상하라는 판결이 났기 때문이었다. 테이저 건의 카트리지가 한 발에 5만 원인데 예산이 없다는 이유로 최대한 사용을 자제하라는 지시도 있는 마당에……. 수상한 남자에게 등을 잡힌 후 바닥에 뒹구는 게 송구가 할 수 있는 최선이었을지도 모른다. 적극적인 경찰관이 되었다가 수천만 원에 달하는 합의금을 지불하는 것보단 무력한 경찰관이 된 다음 월급의 일부를 술값으로 지출하는 게 현실적으로 남는 장사였다.

남자가 송구를 붙잡고 늘어진 이유는 금방 밝혀졌다. 그를 체포한 후 기원에 들어갔을 때, 희한할 만큼 가득 찬 기원 손님들이 세상에서 가장 수상한 몸짓으로 바둑을 두고 있었기 때문이었다. 도박은 판돈이 오가는 현장을 덮치지 않는 한 죄를 물을 수 없었다. 법에 명시된 조건이 그랬다. 아무것도 아닌 한 줄의 문장 같지만, 몇 가지 단어로 구성된 법이라는 게 그래서 강력한 거였다. 경찰의 출동을 제 한 몸 희생해 알린 남자 덕에, 안에서 도박을 즐기던 사람들은 재빨리 판돈과 패를 치우고 바둑을 두는 것으로 위장할 시간을 벌었다. 짜고 치는 고스톱을 눈앞에서 목도했을 때의 기분을 어떻게 설명할 수 있을지, 송구는 대복을 붙잡고 욕밖에 할 수 없을 것 같았다. 야, 너도 현장에 왔어야 하는데. 그 사람들 말야, 어항 속 금붕어처럼 눈만 끔뻑거리면서 느릿하게 바둑돌을 움직이는데……. 이런 사람들한테까지 인생을 다시 살 기회를 줘야 하는 거야? 어? 등판 횟수는 정해져 있는데, 선한 사람부터 챙기는 게 도리 아니야? 평균 자책점 줄여서 뭐 하냐고! 아예 선수 자격부터 박탈해야 하는 게 맞지 않느냐고! 대복의 넓은 어깨를 흔들면서 하소연을 하고만 싶었다. 대복은 아무런 고집 없이 하루의 대부분을 허허 웃고만 있어서 허수아비처럼 느껴질 때가 많았다. 속내를 털어놓기엔 대나무 숲보다도 더없이 좋은 존재였다.

"허허, 참……. 기원은 기원인데 영 애먼 걸 기원하고 있었구만……. 도박장 관리하는 거 얼마 준다 카든가예? 하루에 백만 원은 쥐여주는 갑지?"

정열의 날 선 냉소에도 체포된 남자는 끝까지 아무런 진술을 하지 않았다.

7

"요즘 초등학생도 봄방학이 있나?"

퇴근하는 아침부터 파출소 주차장에서 축구를 하는 세 명의 아이들을 보며 대복이 물었지만, 도박장 신고 이후 급격히 피곤해진 송구와 해랑은 아무런 답을 하지 않았다. 무전취식, 도박, 주취자까지 각종 신고를 처리한 해랑은 신체적으로 피곤했고 송구는 거기에 더해 마음까지 복잡해졌다. 바닥에 뒹구는 과정에서 몸에 상처가 나지는 않았지만 마음은 많이 다친 것 같았다. 그런 송구의 마음을 알 리 없는, 축구 삼총사 중 여자애가 송구를 향해 허리까지 숙이며 크게 인사했다. 송구는 적당히 유쾌하면서도 무례하지 않을 인사를 고르느라 머리를 긁적였다.

"너…… 라고 하면 안 되나? 어……. 학생? 이름이 뭐야?"

"전 의민이에요! 박의민!"

"우와, 의민이라고? 예쁜 이름이네. 여기서 축구하는 게 좋아? 좁지 않아?"

"괜찮아요! 없는 것보단 나아요."

당돌하네, 하며 옆에서 해랑이 혼잣말하는 소리가 들렸다.

"경찰 이모, 멋져요!"

"고마워……."

"저도 나중에 경찰관 될 거예요! 엄마도 좋대요!"

송구는 허리를 조금 숙여 의민과 눈을 맞추었다. 키가 작은 편인 송구가 타인을 내려다보는 건 실로 오랜만이었다.

"경찰관이 생각보다 별거 아닌데……. 괜찮아?"

"멋지잖아요! 색깔도 멋지고!"

무력하게 넘어뜨리는 대로 넘어졌다는 말을 차마 할 수 없던 송구는 쓴웃음을 지으며 의민의 머리를 쓰다듬어주었다.

"그래. 의민이가 훌륭한 경찰관 되기를 이모가 기원…… 아니, 아니!"

송구가 의민을 붙잡고 무어라 얘기하자, 호기심이 동한 듯 나머지 축구 멤버들도 다가왔다.

"무슨 말이……. 하, 평소 책 좀 읽을걸……. 기원 아니고, 구원! 구원할게."

"구원이 무슨 말이에요?"

뒤에서 쫓아온 남자아이가 천진한 목소리로 묻자, 송구가 비로소 편안하게 웃었다. 딱딱하게 굳은 몸이 퇴근할 때가 되어서야 풀리는 기분이었다.

"야구에서 구원은 지친 누군가를 도와준다는 뜻이야. 멋지지? 그니까 이젠 축구 말고 야구를 좀 보는 게 어때? 대한민국에서 제일 멋진 구원 투수가 될 수도 있잖아!"

야구 이야기가 시작되자 축구 삼총사는 급격히 흥미를 잃은 얼굴로 되돌아갔다. 아이들의 뒷모습을 붙잡고 야구에 대한 설교를 늘어놓는 송구를, 해랑이 황당하다는 표정으로 바라보았다.

"쟤 말야, 어디 종교에는 안 빠져서 다행이야……. 그치?"

대복은 대답 대신 느릿하게 고개만 끄덕였다.

4장
스토브 리그

1

"아따 더버라! 더워 죽긋다!"

이제 막 정오를 지났건만, 정열은 본인의 큰 얼굴을 다 가릴 정도로 거대한 부채를 신경질적으로 휘두르고 있었다. 저렇게 움직이면 방금 점심으로 먹은 잔치 국수가 삽시간에 소화될 것만 같았지만 딱히 말리는 사람은 없었다. 모두들 눅눅한 시금치처럼 더위에 지쳐 축 늘어졌기 때문이었다.

"미치긋네. 에어컨 온도가 와 이 모양이고!"

어떻게 보면 정열은 단순한 신경질을 부리는 게 아니라, 우당 파출소의 모든 직원을 대표해 소리 지르고 있는 셈이었다. 정작 불만을 들어야 할 사람이 아닌 애꿎은 관리반장이 그 대상이라는 게 문제였지만. 원래도 소란스러운 정열의 언성이 본격적으로 커진 건 공무원에게 제일 가혹한 계절, 여름이 우당 파출소의 문을 연신 두드리기 시작하면서부터였다. 사계절 중 여름이 왜 가장 가혹한 계절인가 하면…….

"실내 온도가 28도인데 에어컨 온도가 27도네. 더울 수밖에 없네요."

웬만해선 평정심을 잃지 않는 무건도 줄줄 흐르는 땀을 훔치며 다소 불만스레 말하게 만드는 날씨이기도 했지만 핵심은 따로 있었다.

"27도 밑으로 못 내려요. 행정안전부 지침이 그런걸요. 벌써 업무 연락 오고 난리예요. 웬만하면 에어컨 같은 계절 가전 사용은 자제하고 자체적으로 해결하라고……."

중앙 정부의 통제를 받는 관공서는 전기 사용량도 자유롭지 못한 처지여서 여름철 에어컨 온도나 겨울철 히터 온도를 마음대로 지정할 수 없었다. 국가의 녹을 받는 처지니 그러려니 이해하려 해도 이 잣대가 모든 관공서에 일률적으로 적용되지 않는 현실이 이해심을 갉아먹는 판국이었다. 겨울엔 옷이라도 껴입고 버텨보겠는데, 피할 길 없는 땡볕은 야외 활동이 대부분인 지역 경찰에게 고역과 고행, 그 사이 어디쯤이었다.

"청와대도 27도로 맞춘다 카드나! 27도면 에어컨이 아니고 히터다, 히터! 인자 유월이고 초여름인데 벌써부터 이러면 한여름에는 고마 죽으란 소리지. 아이고오……. 앞이 꺼멓다."

정열의 신세 한탄에 압축된 캔처럼 인상을 찌그러뜨리고 있던 치운도 옆에서 거들었다.

"경찰청은 뭐 자타공인 효자 부서 아닙니까? 매년 행정안전부가 배정한 예산을 도로 반납하기로 유명하잖아요. 작년에도 500억인가 아낀 명목으로 경찰청 담당자 누가 특별 승진 했다던데? 하여튼 지역 경찰 고혈 빨아서 승진할 생각밖에 없는 놈들이 경찰청에 앉아 있으니! 현실이 나아질 리가 없죠."

"기획재정부에서 제일 좋아하는 기관도 경찰청이라 카대. 경찰서 지을 때도 칠 층짜리 견적서 주면 기재부에서 사 층으로 깎아뿌는데 검찰청 지을 땐 이 층짜리 견적서 내밀어도 기재부에서 알아서 고마 오 층으로 올려주뿐다 카네."

"잘 아시네요, 팀장님. 공무원 연금 공단에서 제일 좋아하는 기관도 경찰청이랍니다. 우리가 공무원 중에 평균 수명이 제일 짧아서 연금을 가장 많이 아낄 수 있다네요. 명색이 백세 시대에 정년퇴직 경찰관의 평균 수명이 65세인 거, 진짜 기괴한 거 아닙니까?"

웬일로 정열과 죽이 잘 맞는지, 치운은 꾹 닫혀 있던 입술을 연신 벌려가며 신이 난 듯 떠들었다. 분노로만 가득한 만담 콤비를 보는 것 같았다.

"허허, 참! 경찰관 말고 다른 공무원들만 다 경찰청을 좋아해서야! 이기 맞는 기야? 응? 애초에 대통령한테 잘 보이는 놈이 청장으로 뽑히는 구조에서 뭐 나아질 게 있긋나. 장관이 기침만 해도 자빠지는 데가 경찰청 아이가. 하이고, 저 새카만 후배들이 뭘 보고 힘을 낼 끼라꼬……."

정열이 우당 삼총사를 바라보며 한숨을 내쉬었다. 가뜩이나 뜨거운 내부 공기에 정열의 숨까지 더해져 온도가 더욱 높아지는 것만 같았다. 함께 점심을 먹고 순찰 근무를 시작하기 전 잠시 옹기종기 모여 있던 우당 삼총사가 멋쩍게 웃었다. 웃긴 부분이 단 한 조각도 없는 이야기였지만 상사의 얘기엔 어쩐지 웃음으로 답해야 할 것만 같았다. 그리고 이런 일은 셋 중에 대복이 제일 잘했다.

"그래도 걱정한 것만큼 신고가 늘진 않아서……. 매일 이 정도만 있어도 좋겠어요."

"야, 하대복! 내가 그 말 하지 말라고 했지!"

대꾸를 제일 잘하는 거였지, 대화의 스킬 자체가 능숙한 건 아니었다. 결국 대복은 입을 열자마자 치운의 벼락을 얻어맞고는 물 밖에 나온 조개처럼 황급히 입을 다물었다. 해랑은 덩치에 안 맞게 금세 깨갱 해버리는 대복의 모습이 웃겨서 속으로 살짝 웃었다.

"지금을 즐겨야 된다! 인자 본격적으로 날 더워지고 호프집에서 야외 테이블 까는 순간 개판 오 분 전 되는 기그든. 하여간 술은 파출소에서 팔아야 돼! 하루에 몇 병씩 제한 붙여가꼬. 술 사러 온 놈 중에 얼굴 붉은 놈이나 비틀거리는 놈, 신분증 안 갖고 댕기는 놈한텐 못 판다 카고. 그러면 대한민국에 일어나는 문제의 구십 프로는 해결될 끼다. 내 장담한다!"

정열의 외침에 텀블러에 든 냉수를 빨아 마시던 용희가 켁켁거리며 웃었다. 관리반장을 말로 웃겼다는 사실이 내심 좋았는지, 정열이 더욱 호기롭게 외쳤다.

"내, 기분이다! 해랑이 일로 와봐라."

뒷주머니를 뒤지던 정열은 테두리가 다 해진 지갑에서 카드 하나를 꺼내 해랑에게 쥐여주었다.

"대복이랑 나가서 아이스크림 좀 사 온나. 요새 젊은 애들한테 인기 많은 걸로다가."

"팀장님이 쏘시는 겁니까?"

무건의 질문에 정열이 부채를 능청스레 흔들며 대꾸했다. 조금 전보다는 짜증이 수그러든 움직임이었다.

"하모. 내가 팀장이라꼬 앉아 있어봐야 뭐 하긋노? 너거들한테 쭈쭈바나 사주고 부려묵는 기지. 대신에 딱 쭈쭈바까지다. 숟가락으로 퍼먹는 거 고르는 놈은 가만 안 둘 끼야!"

2

"편의점에서 사면 비싸겠지? 투 플러스 원짜리 사면 상관없으려나?"

정열의 카드를 쥔 해랑이 최선의 결정을 내리기 위해 고민하며 묻자, 대복은 자신 있게 대답했다.

"저기 길 건너 아이스크림 할인점 있어. 거기 갈래? 종류도 거기가 훨씬 많을 거야."

"어떻게 알아?"

"혁우가 종종 거기서 계산도 하기 전에 몇 개 먹는 바람에 사건 처리했던 적이 있거든. 그래서 알아."

"어째 우리한테 입력되는 정보 값이 다 그런 것뿐이냐. 길에 이렇게나 많은 가게가 있는데 그중에 경찰에 신고 한 번 안 한 가게는 없다는 게 믿어져?"

대복이 안내한 곳은 우당 주공아파트 뒤쪽으로 이어지는 낙루 공원이었다. 좌당동에 자리 잡은 각종 관공서 건물을 끌어 모아 행정 복합 타운까지 만들겠다는 부당동의 노골적인 욕망 속에서도 그들이 결코 뺏을 수 없는 게 딱 하나 있었으니, 바로 250년 된 벚나무가 심어진 낙루 공원이었다. 낙루천과 인접한 낙루 공원, 그리고 그 중심에 자리 잡은 거대한 벚나무는 동네 주민들 사이에서 이미 유명한 근린생활 시설이었다.

"용희 반장님이 말씀해주셨는데, 예전에 이 나무에 누가 목맨 적 있대."

"엑? 진짜? 그분은 사셨대?"

"아니. 새벽에 산책하던 사람이 발견했을 때 이미 사망한 상태였대. 그 뒤로 저 나무를 베느니 마느니 얘기가 있었다는데 그냥 두기로 결정했나 봐."

미처 몰랐던 사실을 알게 된 대복은 괜시리 으스스한 기분에 나무를 조심스레 쳐다보았다. 벚꽃이 다 져버리고 새파란 잎만 남았지만, 그 또한 그 모습대로 장관이어서, 공원은 점심의 권태로움을 쫓기 위해 산책하는 이들로 꽤나 북적였다. 나무 아래를 제외하곤 그늘이 없다 보니 한여름에는 산책을 즐기는 사람 대신 밤에 맥주를 마시러 나오는 인파가 많았다. 치안을 담당하는 우당 파출소 입장에서는 양가적인 감정이 들게 하는 곳이었는데 이런 사연이 있었다니. 경찰관이 된다는 건 살면서 꼭 알 필요는 없는 무수한 정보들에 무방비로 노출된다는 것이기도 했다. 경찰관이 짊어질 삶의 무게란 게 딱 그 정도였다. 늘상 산책하며 무심히 지나치던 나무에 누가 목을 매고 죽은 적이 있다거나, 자주 시켜먹던 음식점의 사장님이 쉬는 날만 되면 가족을 폭행하다 가정폭력 현행범으로 체포된다거나. 이런 사실을 알면서도 몰랐던 것처럼 하루를 살아야 하는 거, 딱 그 정도였다.

"아이스크림 심부름이 산책으로 이어질 줄 알았으면 위에 사복이라도 걸칠걸 그랬나. 괜히 민망하네……."

"그러게. 미국 경찰들은 도넛이랑 커피 들고도 잘 돌아다니던데 우리나라에서 그랬다간 바로 사진 찍힐지도 몰라. 일은 안 하고 간식이나 먹고 돌아다닌다고. 다들 경찰관이 하는 일이 뭐라고 생각하는 건지."

대복의 말에 해랑이 킬킬거리며 답했다.

"그럼 또 단골 멘트 나와야지. 얼빠진 경찰관 어쩌고 하면서."

"그놈의 얼은 맨날 천날 빠져. 얼이 있긴 한 거야? '얼'이라는 거 요즘 사람들은 진짜 안 쓰는 표현 아냐?"

"경찰관이 아무렴 한가해야 살기 좋은 건데. 그치? 경찰관이 할 일이 없다는 건 좋은 거지……. 우리가 바빠서 좋을 게 뭐 있어."

해랑의 보폭에 맞춰 얌전히 걷던 대복은 근처 상가 유리

창에 비친 자신의 모습을 힐끔거렸다. 나란히 걷는 두 사람의 모습에서 풍기는 분위기가 나쁘지 않은 것 같아, 그는 조금 들뜬 기분이 되었다. 몸을 달아오르게 하면서도 땀이 나지는 않는 적당한 여름 초입의 날씨에, (분명 파출소에 있을 땐 후덥지근해서 기분 나빴는데 뭘까? 들들거리는 정열이 없어서, 혹은 언제 소리칠지 모를 치운이 없어서 그런 걸지도 모르지만 어쨌거나) 커피 한 잔씩 들고 걷는 사람들의 밝은 기운이 자신에게 모조리 흡수되는 감각이 좋았다. 그러고 보니 송구 없이 해랑과 둘이서 이토록 평범한 일과를 해본 적이 있었던가? 둘이서, 혹은 셋이서 지금껏 한 거라곤 술에 취해 행패부리는 사람 말리기, 위험한 신고 현장에서 서로를 구해주기, 강력 사건 발생 현장에서 초조해하며 증거 수집하기 같은 비일상적인 일과뿐이었다.

"넌 퇴근하면 주로 뭐 해?"

"글쎄……."

대답을 고르느라 이리저리 움직이는 해랑의 볼이 대복의 눈엔 귀엽게만 보였다. 포물선을 그리며 떨어지는 눈썹에 비해 약간은 처진 눈, 뽀얀 피부……. 송구는 해랑이 물만두 같은 인상이라고 평가하곤 했는데, 지금 보니 영 틀린 말은 아니었다. 이 또한 대복에겐 생활의 발견이었다.

"예전엔 이것저것 뭐 많이 했는데 요즘엔 진짜 별거 안

하는 것 같아. 주간 끝나면 다음 날 야간이니까 쉬게 되고, 야간 끝나고 퇴근한 날엔 꼬박 자기만 하다가 하루가 끝나고…… 뭘 할 시간이 없는데? 넌 뭐 하는데?"

"나도 뭐, 그냥……. 헬스 갔다가, 가끔 친구들이나 동기들 만나면 술 마시다가……. 똑같지, 뭐."

"우리 중에 제일 바쁘게 스케줄 맞춰 사는 애는 송구일걸?"

"강송구는 왜?"

"야구 경기 따라 움직이니까. 걔도 참……. 야구를 무지하게 좋아해. 보고 있으면 신기하다니까. 키도 쬐끄만 게 어딜 그리 뛰어다니는지. 그러고 보니 뭐라더라. 야구에서 쉬는 기간을 뭐라고 불렀던 것 같은데……. 나도 뭐만 하면 야구 용어 쓰는 게 송구한테 옮았나 봐. 정작 나는 야구를 잘 알지도 못하면서."

대복의 바람과 달리 벌써 아이스크림 할인점에 도착한 해랑은 걸어오는 동안 더웠는지, 얼른 27도보다 낮은 에어컨 쐬자며 가게 안으로 쏙 들어가버렸다. 떠나는 주자의 등 뒤를 보며 가슴이 콩닥대는 현상을 가리키는 야구 용어도 있는지 송구에게 물어봐야겠다고, 대복은 생각했다. 매일이 오늘만 같았으면 좋겠다는 뜻의 용어도 있을까?

3

아이스크림으로 잠시 시원해졌던 분위기는 평소 회의를 끔찍이도 싫어하는 미래가 주간 근무 퇴근 전 석회를 소집하면서 다시금 후끈해졌다. 열정적으로 후끈해졌다기보다는, 전달할 사항이 많은 미래의 속이 부글부글 끓는 것처럼 보였다.

"오늘은 퇴근 전에 전달할 사항이 많네요. 팀장님들 여기 가까이 와주시고, 다들 수첩에 제 전달 사항을 기록해주셨으면 해요. 우리 서장님이 참…… 맞추기 힘든 분이신지라."

관리반장은 파출소장과 서장 주재 회의를 함께 가는 경우도 있어서, 용희는 미래가 마운 경찰서에서 어떤 압박을 받는지 아주 잘 알고 있었다. 뭐, 굳이 회의를 가지 않아도 경찰서에서 일어나는 소문에 눈과 귀가 밝은 관리반장들이 알아서 용희에게 소식을 물어다 주는 경우가 대부분이었지만. 올해 초에 새로 부임한 서장은 경찰청에서 기획재정 업무를 담당하던 사람이었다. 사장이 누구냐에 따라 분위기가 천국과 지옥을 오가는 일반 회사처럼, 경찰서도 마찬가지였다. 그게 매년 초에 이뤄지는 고위직 인사를 경찰관들이 눈 빠지게 보는 이유였다. 수사 경험이 일절 없고 경찰청 내근 부서에서 승진 길만 걷다 온 경찰대 출신 서장을 직원들이 반

기지 못하는 건, 틀에 박힌 서류처럼 갑갑한 1년을 보내게
될 일이 눈에 훤했기 때문이었다. 그래도 사람은 겪어보기
전까지 모르는 일이라며 희망적인 진단을 내리는 사람도 있
었으나, 새로운 서장이 부임하고부터 격주로 진행되던 서장
주재 회의가 주 3회로 늘어나자 긍정론은 사라졌다. 뿐만 아
니라 수사 경험이 없어 수사 부서와 소통이 전혀 되지 않았
으며, 크고 작은 사건을 판단할 눈이 없으니 형식적인 보고
에만 열을 올리는 모습에서는 '역시'라는 평가가 따라붙었
다. 서장의 이름은 공용기였는데, 그는 부임한 지 한 달 만에
'빈 그릇'이라는 별명으로 공공연하게 불리게 되었다.

무조건 서류로 갈음할 수 있는 실적만을 요구하는 지금
의 빈 그릇 서장 체제에서, 소속 직원들과의 화기애애한 분
위기를 중요시하는 미래는 정말로 어울리지 않는 인물이었
다. 서장의 비위를 맞추기 위해 마운 경찰서 소속의 다른 지
역관서는 진작 실적 전쟁을 치르고 있다는 걸 용희는 알고
있었다. 112 신고 처리가 우선시되어야 하는 지역 경찰이 교
통 담당 부서보다도 많은 교통 단속 실적을 올리는 날도 있
다고 했다. 매일 관리반 메신저로 날아드는 지역관서 분야
별 실적 현황에서 우당 파출소는 참수리 피어스 팀처럼 꼴
찌 붙박이였다. 단속을 하지 못한 날도 너희 덕분에 마음이
그다지 불편하지 않다는 연락을 다른 관리반장으로부터 받

을 때도 있었다. 용희는 이제 그만 미래에게 심각성을 알려야 하지 않을까 고민하던 차였다. 오늘 서장 회의에서도 수배자 검거 실적, 교통 단속 실적, 아무튼 그놈의 실적 때문에 미래가 엄청나게 깨졌다는 얘기를 여성청소년과 서무에게 전해 들은 참이었다. 석회를 시작한 미래를 보니 무언가 결심을 한 것 같아 외려 다행스러움을 느낀 용희였다.

"우선은 뭐……. 제가 굳이 말씀 안 드려도 아실 거라 생각해요. 지금 서장님이 지역관서에 과도한 실적을 요구하고 계세요. 저는 파출소의 최우선 목표는 신고 처리와 그에 수반되는 민원 처리라고 생각하는데……. 우리가 실적 경쟁을 벌일 게 뭐 있나 싶거든요. 그리고 우리끼리 실적으로 싸워봐야 결국 국민들한테 더 독이 될 거고요. 우리가 하는 단속이라는 게 결국 국민들을 대상으로 하는 단속이잖아요? 얼굴 다 아는 동네 주민들한테 교통 딱지 끊어봤자 민심만 잃을 뿐이라고 생각합니다. 저 혼자만의 생각일 수도 있지만요."

"하모요, 소장님. 백 번 천 번 옳은 말씀입니더."

정열이 사뭇 진지한 톤으로 크게 고개를 끄덕였다. 비둘기처럼 목을 들썩거리며 실시간으로 반응해주는 정열을 보던 미래가 살짝 미소 지었다.

"각 팀장님들이 그래도 저 생각해서, 제가 부탁도 안 드렸는데 알아서들 단속 활동 펼쳐주신 거 다 알고 있습니다. 감사한 마음에 참, 이런 얘길 꺼내는 게 송구스럽지만…… 우당 파출소도 대책을 마련해야 할 것 같아요. 이미 실적으로는 한참 뒤처진 상태라 가시적인 성과를 거두기엔 무리고, 다른 지역관서에서 하지 않는 활동을 위주로 제가 고민해봤습니다."

미래가 밝힌 이른바 '우당 파출소 구원하기 프로젝트'의 큰 골자는 이랬다. 몇 달 전부터 시작한 교통 단속에 이제야 뛰어드는 건 아무런 효과가 없을 테니 굳이 신경 쓰진 않되, 매 근무마다 두 건 정도는 꼭 해달라는 것. 그 이상은 바라지 않는다고 못을 박았다. 이 프로젝트의 핵심은 우당동에 적을 둔 파출소인만큼, 우당동 주민들을 위한 일을 하자는 것이었다.

"저 같아도 경찰관보다 소방관을 더 좋아하겠어요. 소방관은 절대적으로 도움을 주는 것처럼 보이지만 경찰관은 뭐 괜히 교통 단속이나 하는 것 같고, 이러쿵저러쿵 말만 많고……. 그런 이미지잖아요? 하루가 멀다 하고 뉴스에 안 좋은 일로 보도되고. 이걸 조금이나마 바꿔보자는 겁니다."

"마, 소장님요. 뜻은 좋지예. 동네 주민들을 위하자는데 누가 싫다 카겠습니까? 근데…… 이게 막 숫자로 나타날 만한 일은 아니라서 공염불이 되는 거 아닐까 싶기도 하고

예……."

정열의 의견에 공감한다는 듯 3팀장을 비롯한 다른 팀원들이 조용히 고개를 끄덕였다. 그래프 그리기 좋아하는 빈 그릇 서장에게 주민들과의 관계 같은 게 눈에 들어오기나 하겠는가? 게임 〈심즈〉처럼 호감도의 수치가 눈에 보이는 것도 아니니까. 미래도 충분히 납득된다는 표정을 지으며 말을 이었다.

"말씀 잘하셨습니다, 정열 팀장님. 저도 그 고민을 안 한 건 아닌데……. 그게 사실 가장 큰 무기거든요. 우리 서장님이 가장 두려워하는 지점요."

"예? 그기 뭡니까?"

"사람들의 입이죠. 입에서 입으로 퍼지는 이야기들을 제일 무서워하는 분이라. 쉽게 풀이하자면 '언론'인 거죠. 지역 일간지 정도만 이용해도 우당 파출소의 가치는 충분히 입증될 겁니다. 칼럼 담당 기자님께 우당동 주민들과 우당 파출소의 일화를 소개하는 코너를 진행해보는 게 어떻겠냐고 제의드렸더니 긍정적으로 보시더라고요. 우리는 우리가 할 수 있는, 그리고 해야만 하는 일을 합시다. 결국 우리를 구원하는 건 우당동 주민들의 의견일 테니까요. 서장님한테 구박받는 수준에만 그치면 이런 일도 안 했을 텐데, 지금 마운 경찰서 소속 지역관서 하나를 없애니 마니 하는 분위기라서요. 우리가 있어야만 하는 이유를 우리만의 방식대로 보여주자는 게 저의 결론입니다."

"지역관서를 하나 없앤다꼬요? 그기 뭔 소립니꺼?"

"지금 경찰청장이 지역관서 통폐합을 주장하는 모양이에요. 이제 막 임기 시작했으니 자기 이름 걸고 그림 하나 만들고 싶겠죠. 우선 관내 인구가 적은 3급지 지역 위주로 시행할 계획이라는데……. 그 전에 우당 파출소도 대비를 해야 할 것 같아요. 그냥 지나갈 소나기는 아닌 듯합니다."

회의는 미래의 경쾌한 목소리처럼 제법 명확한 길을 찾은 뒤 끝이 났다. 바깥에선 '뻥' 하는 소리가 불규칙적으로 들렸다. 뻥튀기 장수가 온 건 아니고, 또 축구 삼총사가 주차장에서 축구공을 주고받으며 노는 게 분명했다. 퇴근 전 책상을 치우던 용희가 주차장을 비추는 CCTV 모니터를 보니 아니나 다를까, 그 애들이었다. 들리는 소리에 비해 송출되는 화면은 한 박자 느려 싱크가 맞지 않았다. 경리계에 얘기해서 수리해야 하나, 고민하던 용희는 고개를 저었다. 그 수리비를 에어컨 사용료에 보태는 게 모두에게 더 유용할 것 같다는 판단에서였다.

"이놈들아, 또 여기서 축구질이냐? 어?"

퇴근 시간에 맞춰 사복으로 갈아입은 치운이 축구 삼총사를 보며 심통을 부렸지만 아이들은 뒤이어 걸어 나오는 우당 삼총사에게 더 많은 관심을 보였다.

"어휴, 애들이 얼마나 뛰어놀 데가 없으면 파출소 주차장에서 노냐고……. 야, 너희 솔직히 말해. 너희도 경찰이 우습지? 낙루천 건너쪽 가면 행정종합타운이니 뭐니 해서 관공서 널렸는데. 너희가 검찰청 주차장에서 뛰어놀진 않잖아. 우리가 만만하니까 여기 온 거지?"

삐딱한 말투에 비해 다소 온화한 표정을 짓던 치운은 주차장 구석으로 무거운 몸을 뒤뚱거리며 움직였다. 아이들로부터 최대한 먼 곳에서 담배를 피울 요량이었다.

4

우당 파출소 입구에 '우당 파출소에게 바란다!'고 적힌 우편함이 생긴 걸 시작으로, 미래의 파출소 구원 프로젝트는 순조롭게 흘러갔다. 누가 여기에 담배꽁초나 버리지 않으면 다행이겠다는 치운의 투덜거림과 달리, 꽤 많은 메모가 우편함에 날아들었다. 경찰관의 눈을 피해 몰래 쪽지를 넣고 가는 사람도 있었고(본인은 몰래 넣는다고 생각하겠지만 CCTV 모니터로 다 보이는 불상사가 있었다), 여기에 넣으면 정말 반영이 되냐며 수줍게 묻고 가는 사람도 있었다. 우당 파출소 우편함은 입소문이 나서 다른 지역관서에서 구경 오는 경우도 있었다.

"축구 골대 만들어주세요……. 누가 썼는지 바로 알겠네."

우편함에 든 쪽지를 읽던 송구가 중얼거렸다. 고운 색종이에 깨끗하면서도 삐뚤빼뚤 적힌 글씨가 왠지 의민의 얼굴을 떠올리게 만들었다.

"집에 보일러가 고장 나서 너무 추워요……. 이거는 도대체 누가 쓴 거지? 진짜 진지하게 쓴 거 맞아? 심지어 어른 글씨야!"

나란히 앉아 쪽지를 읽던 해랑이 황당하다는 듯 읽던 쪽지를 송구에게 흔들어 보였다. 표지만 보고 책을 판단하지 말라는 말이 무색하게, 대충 구겨 던진 듯한 종이는 내용만큼이나 성의 없는 모양새였다.

"강제로 참여하라고 한 것도 아닌데 굳이 이런 걸 적고 가는 이유가……. 알다가도 모르겠네."

"거짓말이야. 제대로 안 적도 없잖아."

"맞아. 그게 사실이지. 와, 이건 뭐야? 자주 시켜 먹는 중국집 양이 줄어든 것 같은데 조사 부탁드립니다……. 군만두 개수가 하나 줄어들었나?"

"그럼 신문고 두드려도 인정이지."

이 외에도 우편함에 든 쪽지의 대부분은 어쩐지 마음이

쓰이는 내용이지만 경찰관이 직접 도움을 줄 수는 없는 것들이었다. 공부가 너무 힘들다, 우리 집이 더 좋은 곳으로 이사 가면 좋겠다, 언니가 더 이상 아프지 않으면 좋겠다, 옆집 사는 개가 그만 짖으면 좋겠다…….

"주민들이 파출소를 뭐라고 생각하는 걸까?"

해랑은 이미 읽은 쪽지에 무슨 암호라도 남겨져 있나 싶어 재차 뒤적거리고 있었다. 적힌 내용이 정말로 끝은 아닐 거라는 의심을 떨치지 못한 것 같았다.

"사람들이 생각보다 경찰관이 무슨 일 하는지 잘 모르는 것 같아."

"어쩔 수 없지. 나도 그랬는데, 뭐. 끽해야 음주 단속이나 할 거라 생각했는데 어긋난 다짐 하는 사람들 마음 단속하는 일이 제일 빡세더라고. 다 그런 거야. 해보기 전엔 모르는 거지. 무지가 꼭 나쁜 것만은 아니잖아."

파출소에서 경찰관이 하는 일은 그 범위가 실로 무한했다. 경찰청은 형법을 다루는 기관이지만 그건 어디까지나 사건이 접수된 이후의 일이었고, 접수되기 전까지의 모든 과정은 파출소와 지구대에서 처리한다고 봐도 무방했다. 다 큰 성인끼리 사소한 시비가 붙어 꼭 초등학교 선생님처럼 두 사람을 떼어놓고 화해를 시키는 일이 비일비재했다. 그런 시비 현장에서 정열은 언제나 당사자들끼리 악수를 하고 헤어지도록 종용했는데, 얼굴이 벌겋게 달아오른 건장한 남자 두 명이 정열의 지휘대로 씩씩거리며 악수하고 사과하는 모습이 송구의 눈엔 그저 웃겼다. 즐거워서 웃기다기보다는 사람이 살아가는 모습이 어릴 때나 크고 난 이후나 별다를 바 없어서 웃음이 났다. 늙어서도 싸움을 말려줄 사람이 필요하고 누구나 외로움에 취해 전화를 붙잡고 있으며 각자의 꿈을 키울 밤이 절실하다니. 이 얼마나 뻔하게 재미난 인생인가?

"영원히 성숙할 수 없다는 건 영원한 유망주란 뜻 아닐까? 그것만큼 가슴 뛰는 일이 어딨어."

"그래도 언제까지 미숙하게 살 수는 없잖아. 유망주가 아니라 베테랑이 필요할 땐 어쩌려고?"

"그럴 땐 뭐……."

송구가 파출소 안을 훑어봤다. 용희는 경찰서 경리계에 전화를 걸어 파출소 운용비가 부족한데 조금이라도 지원을 받을 수 없겠냐고 연신 읍소하는 중이었고("계장님, 어려운 거 아는데 저희 진짜…… 에어컨이라곤 모르고 살아요. 제 생각엔 파출소 건물이 낡아서 어디서 누전이 되는 것 같거든요? 그러지 않고서야 전기세가 달에 백오십만 원씩 나올 수가 없는데……. 진짜 저희 잘못으로 돈이 없는 게 아니고요……."), 미래는 우편함에 도착한 쪽지들을 선별해 칼럼으로 만들 내용이 있는지 살피고 있었다

("그냥 우편함만 설치할 게 아니라 통일된 양식을 출력해서 같이 비치해두는 게 나을까? 제보자에 대한 기본적인 정보가 전혀 없으니 내용도 신뢰하기 어렵네……"). 해랑은 송구 옆에서 다음에 이어질 말을 기다리고 있었다.

"야수들을 믿고 던지는 거지. 그게 팀이잖아."

송구는 '팀'에 특히 힘을 주어 발음했다. 팀, 이잖아! 우리도 같은 팀이란 걸 잊지 말라는 말까진 굳이 하지 않았다. 그정도는 말하지 않아도 해랑이 잘 알고 있을 거라고 믿기 때문이었다.

5

"비상, 비상! 순찰차에서 에어컨이 안 나오네요. 백기 들어야 할 것 같습니다."

땀에 흠뻑 젖은 무건이 축 늘어진 목소리로 말했다. 뒤이어 따라오는 송구도 더위에 잡아먹힌 꼴은 무건과 비슷했다.

"에어컨이 와 안 나오노? 다른 건 이상 없고?"

"네. 차가 덜덜거리지도 않고요. 바람은 나오는데 찬바람이 안 나오는 거 보니까 가스가 떨어진 것 같습니다."

"어데 빵꾸가 난 거 아니고서야 멀쩡하던 에어컨 가스가 갑자기 빠졌을 리 없고……. 주간 팀에서 모르지 않았을 낀 데. 귀찮아서 카센타 안 가고 놔둔 거 아이가!"

"에이, 설마요. 차가 오래됐잖아요. 문제가 있나 보죠, 뭐. 오늘 특히 더운데 이 차는 도저히 못 타겠습니다, 팀장님. 상황실에 얘기해서 고치기 전까지는 휴차 처리 해야 할 것 같아요."

정열은 본인이 에어컨이 고장 난 차에 갇힌 사람처럼 길길이 분노하기 시작했다.

"차가 문제가! 일 미루는 사람이 문제지! 교대 근무하는 입장이모 서로 서로 배려해서 수리 맡길 건 딱딱 맡겨주고 해야지. 내 1팀장한테 한 소리 해야 쓰겠구만!"

정수기 앞에서 물을 홀짝이던 대복이 여전히 땅에서 3센티미터 정도 뜬 채 날뛰는 정열에게 은밀한 발걸음으로 다가갔다.

"팀장님, 1팀에서 장비를 잘 안 챙기는 것 같습니다. 경광등 배터리도 매번 없는 상태고, 업무 폰 배터리도 충전해놓지 않고요. 지역 경찰 체크 리스트도 쓴 만큼 다시 채워놔야 하는데 매번 쓰기만 쓰고 뽑아놓질 않아서 현장에서 난감할 때가 많습니다. 피디에이 출력 용지도 안 채워놔서 저번엔 교통 단속한 거 즉시 발부가 안 돼서 애를 먹었거든요."

대복의 고백에 정열의 표정은 방금 전자레인지에서 나온

계란찜처럼 터지기 직전이었다.

"머시라꼬? 그게 진짜가? 그걸 와 인자 말하노! 진짜 안 되긋네. 1팀장한테 단단히 일러둬야지, 원! 앞으로 장비 바 떼리나 부속품은 웬만하면 교대할 때 바로바로 확인하고 뭐 제대로 교대 준비가 안 돼 있으면 바로 내한테 말해라. 알긋 나!"

알겠다고 대답하며 만족스러운 표정을 짓던 대복은 해랑 과 눈이 마주치자 후다닥 고개를 돌렸다. 의도가 어떻건 고 자질한 걸로 뿌듯해하는 모습을 보여주고 싶지 않은 눈치였 다. 소파에 앉아 있어 공교롭게도 해랑과 대복의 중간 위치 에 놓인 송구는 두 사람을 번갈아 쳐다보았다. 평소의 대복 이라면 "나 잘했지?" 하며 어깨를 으쓱거렸을 텐데, 깜짝 놀 란 고슴도치처럼 움츠러드는 모습이 영 수상했다. 그러고 보니 언제부턴가 대복이 해랑에게만 뭐라고 속닥거리는 것 같기도 하고……. 의심스러운 냄새를 맡은 송구가 고개를 이쪽저쪽으로 바삐 돌리다, 출입문 바깥을 서성이는 여성과 눈이 마주쳤다.

"흐에에?"

놀란 나머지 속으로 삼킬 소리를 밖으로 내버려서, 모두 의 시선이 송구에게 쏠렸다.

"어……. 밖에 누가 계셔서요! 하, 하하……."

뚝, 소리와 함께 문이 열리더니 송구와 눈이 마주친 여성이 조심스레 안으로 들어왔다. 경첩에 문제가 있는지 언제부턴가 파출소 문을 열 때마다 뚝, 뚝, 관절이 꺾이는 것 같은 위협적인 소리가 들렸다. 푹푹 찌는 날씨에 에어컨을 약하게 트니까 열기에 부속이 녹거나 뒤틀렸거나 어쨌든 오만가지 이유로 망가진 게 분명하다고 치운이 확신 가득한 목소리로 거세게 말한 적 있었다. 송구는 그의 말이 처음으로 일리 있다고 느꼈다.

"저…… 말씀 좀 여쭐게요……."

밝은 빛 아래에서 마주한 여성은 말쑥한 차림의 할머니였다. 머리가 백발이 아니었다면 중년을 넘어선 나이라는 것을 알아채지 못했을 것 같았다. 자신의 발걸음이 파출소에 다다랐다는 사실을 믿을 수 없다는 듯, 크게 부릅뜬 눈이 할머니의 긴장감을 대변하고 있었다.

"어떻게 오셨어요?"

최대한 친절한 톤으로 송구가 묻자, 할머니는 난처한 듯 한숨을 쉬다가 송구 얼굴을 한번 봤다가, 검버섯 핀 손으로 볼을 쓸어내리며 호흡을 가다듬었다. 모든 고백은 하기 전까지 결심이 필요한 법이었다. 무건이 할머니에게 물이 든 종이컵을 내밀었다.

"물 한 잔 자시고 천천히 말씀하세요. 저희 시간 많습니다.”

할머니는 물을 단숨에 들이켜고는 크게 숨을 뱉었는데, 송구에게 닿는 숨은 말할 결심이 끝났다는 마침표처럼 다가왔다.

“우리 아들……. 아들 좀 찾아주세요.”

“예? 아드님요?”

“우당 시장에서 장 보고 집에 왔더니 아들이 없더라고요. 어디 잠깐 바람 쐬러 갔나 보다, 생각하고 저녁 준비를 하려는데…… 뭔가 기분이 이상했어요. 그냥, 아들이 이대로 영영 돌아오지 않을 것 같은 느낌이 집 안을 울리더라고요. 그때부터 아들한테 연락했는데 받지도 않고……. 결정적으론 이거요. 책상 위에 이런 메모를 두고 나갔더라고요. 이상하다, 이상하다 싶어서 아들 방에 들어갔다가 발견했어요.”

할머니는 덜덜 떨리는 손으로 종이 한 장을 무건에게 간신히 건네주었다. 몇 줄 되지 않는 문장이 여백마저 서늘하게 만드는 느낌이었다.

‘어머니, 불효자는 이만 갑니다. 어디 먼 곳에 선수로 영입됐다고 생각해주세요. 제가 찾은 마운드가 여기뿐이라 죄송합니다.’

순간 휘청이는 할머니를 송구가 재빨리 붙잡았다.

“괜찮으세요?”

"우리 아들…… 괜찮은 거겠죠? 빨리 좀 찾아주세요……."

할머니는 울지 않으려는 듯 눈을 질끈 감은 후 쉽사리 뜨지 못했다. 눈을 뜨면 인정하고 싶지 않은 현실을 마주해야만 할 것 같은 불안감 때문일지도 모르지만, 계속 감고 있을 수만은 없었다. 아들을 찾기 위해서는 시급하게 해야 할 일이 많았기 때문에, 송구는 할머니를 붙잡고 있는 팔에 힘을 더 꽉 주었다.

6

"자, 자, 어무이. 힘드시겠지만 진정하이소. 어무이가 정신을 붙잡아 매야 아드님 찾고 나면 등짝을 때려서라도 집에 데려갈 거 아입니까?"

71세의 박영란은 아들에 대한 진술을 하는 내내 코를 훌쩍였다. 코를 다섯 번 훌쩍이면 눈물 한 방울 닦아내고, 그러다 다시 훌쩍이는 것을 반복했다. 등록된 장애가 없고 범죄와 연관성도 없는 성인 실종의 경우 접수 당시에는 실종이 아닌 '단순 가출'로 분류되기 때문에 경찰의 즉각적인 개입이 어렵다. 하지만 자살 기도의 경우에는 사안의 급박성을 인정해 위치 추적을 허용하기도 한다. 언제나 그랬듯 우당 삼총사 중에서 가장 행동이 빠른 해랑이 상황실에 영란이 알려준 아들 휴대전화의 위치 추적을 요청한 상황이었다.

영란의 이야기를 듣는 내내 송구는 어떤 표정을 지어야 할지 몰랐다. 영란이 애타게 찾는 아들은 송구가, 아니, 그전에 참수리 피어스 팀의 팬이라면 한 번쯤은 근황을 궁금해했을 인물이기 때문이었다.

참수리 피어스 팀이 늘 꼴찌였던 건 아니다. 지금으로부터 딱 10년 전, 우승까지 노렸던 시즌이 있었다. 만년 꼴찌팀을 단숨에 우승 후보로 올려놓은 건 신인 드래프트 1순위 지명으로 영입된 한재상 선수의 공이었다. 가히 압도적인 키를 가진 좌완 투수였던 재상은 패스트볼, 슬라이더, 체인지업과 같은 다양한 구종을 유려하게 구사하는 데다가 위기관리 능력도 특출하여 도무지 신인처럼 보이지 않았다. 처참한 타율을 자랑하던 참수리 팀의 타자들도 재상의 분투에 승리로 보답하자는 분위기가 형성되면서 모든 선수들의 사기가 하늘로 치솟았고, 팀도 연승을 이어갔다. 송구는 그때를 똑똑히 기억한다. 한창 부모님의 보살핌이 필요한 열일곱 살에 송구의 부모님인 대길과 윤자는 딸의 입시 대신 야구에 미쳐 있었다. 야구장에서 만난 인연으로 결혼까지 진루한 골수 야구팬답게 그들은 참수리 피어스 팀의 모든 경기를 직관하느라 집에 없다시피 했다. 축구팬에게 2002 월

드컵이 있다면 참수리 피어스 팬에게는 한재상의 스무 살이 있었던 셈이다.

고등학교 졸업 이후 처음 밟는 프로 무대에서 재상은 가장 화려한 방식으로 야구팬들의 뇌리에 자신의 존재를 새겨넣는 데 성공했다. 결승전에서 7이닝까지 탈삼진만 여덟 개를 잡으며 분에 넘치는 몫을 소화한 그였지만, 마무리 투수의 실점 앞에 폭포 같은 눈물을 터뜨리고 말았다. 하늘에서 내린 베테랑인 줄 알았는데 패배 앞에서 무너지는 건 영락없는 갓 스무 살이었다. 그 경기가 자신에게 주어진 마지막 경기라는 걸, 참수리 팀이 우승할 수 있었던 유일한 시즌이라는 걸 아는 것처럼 재상은 펑펑 울었다. 시즌이 끝나고 다음 시즌이 시작되기 전까지의 기간, 이른바 '스토브 리그' 때 재상은 부친의 가구 공장 일을 돕겠다고 나섰다가 목재 절단기에 왼손 검지가 잘리는 사고를 당했다. 검지와 중지로 공을 찌그러뜨리듯 쥐고 던져야 하는 투수에겐 사실상 사형 선고나 다름없었다. 그 뒤로 경기를 제대로 소화할 수 없게 된 재상은 종적을 감추었다. 첩거하며 아르바이트로 생계를 유지하는 근황이 최소한의 예의도 지키지 않는 몇몇 언론에 의해 간간이 포착되기도 했지만, 그마저도 몇 년 전부터는 완전히 끊긴 상태였다.

그 한재상 선수가 우당동에 살았다니. 심지어 지금 죽음을 암시하는 말을 남기고 사라졌다니. 송구는 30분 사이에 입력된 엄청난 정보 값에 정신을 차리기 힘들었다.

—우당 파출소, 여기 상황실.

"여기!"

무전기 앞에서 대기하던 송구가 다급히 대답했다.

—위치 추적 값 나왔습니다. 확인 바랍니다.

112 신고 시스템을 확인해보니 재상의 휴대폰 번호로 조회된 최근 위치 값이 기록돼 있었다.

"어데고? 어디 근처고?"

"……마포대교 부근이요."

영란의 눈동자가 어느 때보다 흔들렸다. 사고 이후 복귀 경기에서 무참히 무너진 재상의 눈동자처럼.

7

"어떡하지? 에어컨 안 나오는 차로 그냥 가?"

주차장에 우뚝 선 무건이 난처한 투로 말했다. 차 내부 온도가 45도에 달하는 날씨였다. 아무리 창문을 열고 달린다고 한들 시속 50킬로미터를 넘기기 힘든 서울 시내에서 얼마나 도움이 될지, 재상을 발견하기 전에 무건과 송구가 열

사병에 걸려 쓰러질지도 모르는 일이었다.

"……얘는 어때요?"

주차장 가장 안쪽 구석에 천으로 덮인 차를 가리키며 송구가 물었다. 무건은 진심이냐는 듯 눈썹을 두 번쯤 올렸다 내린 후에, 과감히 천을 걷어버렸다. 어마어마한 먼지에 뒤덮인 귀여운 경차가 그들을 반겼다.

지역관서에 보급되는 순찰차는 대부분 중형 세단 모델이지만, 지역관서의 지리적인 특징에 따라 달라지기도 한다. 눈이 많이 오거나 싣고 다녀야 하는 장비가 많은 산간지역의 경우 SUV 모델이 보급되기도 하고, 최근엔 전기차나 수소차도 많이 출고되는 추세였다. 경차가 보급되는 경우는 거의 없었는데, 우당 파출소에는 오래된 경차 순찰차가 여전히 남아 있었다. 조그만 차에 경광등이 달려 있고 순찰차 도색까지 되어 있는 차를 같은 경찰관들도 신기하게 바라보았다. 과거 좌당동의 제조업 경기가 한창 활발할 때 공장 구석구석을 순찰할 용도로 보급된 차라는 얘기도 있었지만, 그닥 신빙성 있는 말은 아니었다. 가뜩이나 주차장도 좁은데 이건 왜 폐차도 안 시키고 자리만 차지하고 있느냐는 치운의 다그침에, 얘도 엄연히 국유 재산이라 나름의 절차가 필요하다고 대꾸하던 용희의 심드렁한 표정이 생각났다. 관리가 잘되지 않아 시속 60킬로미터 이상 나가기 어려운 고

물차였지만 송구에게 그런 건 중요하지 않았다. 어쨌건 열 사병에 걸리지 않고 재상을 찾는 게 가장 시급한 과제였다.

문을 열고 닫았을 뿐인데도 쌓인 먼지가 쿰쿰한 냄새를 풍기며 날렸다. 무건이 운전석에 타니 차가 왼쪽으로 기우는 것만 같았다. 손톱으로 칠판을 긁는 듯한 불쾌한 소리가 연거푸 들리다 마침내 시동이 걸렸다. 에어컨이…… 잘 나왔다! 거의 타질 않으니 가스가 떨어질 일도 없었던 모양이었다.

"상황실! 여기 우당 파출소."

—여기.

"순21호가 고장이라 임시로 순23호 운용합니다. 배차 지정 바랍니다."

무건이 무전기를 내려놓기 무섭게 창문 두드리는 소리가 들렸다. 정열이었다.

"이 차 타고 갈 끼가?"

"네! 저희는 위치 값 뜬 곳으로 가보려고요!"

"알긋다. 내는 어무이 모시고 사무실에서 대기하고 있을 꾸마. 방문 민원 있을 수 있으니까 대복이를 파출소에 남기고, 치운이랑 해랑이가 같이 지원 나갈 거다. 다른 데도 지원 요청 해놓을 테니까 특이 사항 있으면 바로 보고하고!"

"알겠습니다!"

씩씩하게 대답을 마친 무건이 송구를 돌아보았다. 해랑과 치운이 황급히 차에 타는 모습이 창밖으로 비쳤다.

"얼른 가자! 당신이 선택한 마운드는 진짜 마운드가 아니라고 외쳐줘야지! 다른 사람은 몰라도 송구한텐 그럴 자격 있잖아?"

무겁게 고개를 끄덕인 송구가 주머니 속 휴대폰을 꽉 쥐었다. 휴대폰 뒷면에 붙은 참수리 피어스 팀의 스티커가 손바닥에 잡혔다.

8

재상의 위치 값은 실시간으로 변했는데, 이 신호가 다행인지 불행인지 명확히 판단하긴 어려웠다. 다행인 쪽으로 생각한다면 아직 살아서 어딘가를 돌아다니고 있는 것이었고, 불행인 쪽으로 생각해보자면 이미 한강에 투신해서 물에 떠다니는 휴대폰의 위치 값이 변동되고 있다는 것이었다. 나쁜 쪽으로 뻗쳐가는 생각을 털어내고자 수차례 고개를 흔든 송구였지만, 그럴수록 두통만 심해지는 것 같았다. 영란의 마음이 얼마나 타들어갈지는 감히 가늠되지도 않았다.

인생은 불안과 불안정, 예측 불가능한 일로 가득했다. 하여튼 뭐든 불, 불, 불이었다. 사고는 예고하지 않는다. 아차, 하는 한순간에 남은 인생을 모조리 바꿀 사고가 일어났다. 송구는 우당 파출소에서 일한 2년 남짓한 시간 동안 무수한 인생이 꺾이거나, 혹은 말도 안 되는 방법으로 풀리는 것을 목격했다. 수리공 부르는 비용을 아끼려고 직접 에어컨 실외기를 고치다가 실외기를 고정한 앵커의 나사가 풀리면서 추락사한 중년 남성의 경우도 참 아차, 싶은 사고였다. 금방 끝날 거라 생각하고 잠옷 차림으로 일하던 남편이 추락하는 모습을, 같은 잠옷을 입은 부인이 그대로 목격했던 안전사고 현장. 그러게 왜 미련하게 스스로 하려 했느냐는 문책을 누가 할 수 있을까. 거실 등을 교체하기 위해 사다리에 올랐다가 사다리가 넘어지면서 사망한 사람과, 그를 붙잡고 우는 유족을 보면서 송구는 무슨 말을 건네야 할지 몰랐다. 너무 유감이라고 해야 할까? 정열의 말을 빌려, '그러게 왜 단디 준비 안 하고 덜컥 뛰어들었냐'고 할까? 다 떨쳐내고 힘내시라고 해야 할까? 무슨 말도 어울리지 않는 비극의 현장에서, 그 현장을 처리해야만 하는 경찰관 강송구는 자주 말을 잃었다.

영란의 얼굴을 볼 때도 마찬가지였다. 아드님은 안전할 거라는 말을 끝내 건네지 못했다. 뻔한 위로는 너무 뻔해서 싫었고 그게 실현되지 않았을 때 돌아올 비난을 감당할 용기도 없었다. 그저 믿을 뿐이었다. 만년 꼴찌 팀을 결승전까지 이끈 한재상 선수가 그런 마운드를 선택할 리가 없다고. 하지만 믿음은 공염불이 되기 십상이다. 꺼내서 보여줄 수도 없었다. 대교 위를 서성이는 재상을 발견한다면 무슨 말로 그의 발목을 붙잡을 수 있을까. 무건이 어찌나 속력을 올리는지 엔진에서는 연신 씩씩거리는 소리가 울렸다. 휴식기를 가지던 차가 갑작스러운 노동에 괴성을 지르는 걸지도 몰랐다. 그의 팬이기 전에 함께 세상을 살아가는 사람으로서, 송구는 재상이 꼭 살아 있기를 바랐다. 당신 인생에 일어난 비극 중 당신 잘못은 단 하나도 없는데 그걸로 세상을 등지는 게 억울하지 않느냐고. 죽음을 결심한 사람에게는 매달 성실하게 적금을 들며 미래를 꿈꾸는 송구가 하는 말이 하나같이 역겹거나 가식적으로 느껴질지도 모르지만, 차라리 그런 자신에게 주먹을 날릴지언정 차가운 강물에 몸을 던지는 일은 없도록 해달라고 빌고 싶었다. 강물은 아주 많은 부분을 감추고 있기 마련이니까. 당신이라는 삶까지 어두운 강물 아래 숨겨지길 원하진 않는다고.

생각이 여기까지 다다르자 송구는 속절없이 눈물이 터졌다. 시야가 점점 흐려졌다. 눈에도 와이퍼가 달려서 자동으로 눈물을 닦아주면 좋겠다는 생각이 들었다. 옆 사람에게 우는 모습을 들키지 않도록.

"송구야, 너 선구안 좋지? 야구 많이 보는 사람은 선수만큼 선구안이 좋아진다던데."

"……예에?"

몰래 훌쩍이던 송구가 놀라 반사적으로 대꾸했다.

"이제 대교 위거든? 잘 찾아봐. 네 영웅이 어딨는지. 누가 제일 우리 도움을 필요로 하는 것 같은지 잘 살펴봐."

더 이상 울고 있을 수만은 없다. 지금 이 순간, 경찰관 강송구로서 해야 했고 해내야만 하는 일은 어느 때보다 분명했다.

9

해랑이 정지 신호를 무시하고 사이렌을 울리며 지나가려 하자, 치운이 급히 사이렌 스위치를 껐다. 치운은 해랑이 돌아볼 틈도 없이 호통을 치기 시작했다.

"반 순경! 미쳤어? 무식하게 돌진하다 사고 나면 어쩌려고!"

"사이렌 울리면 지나가는 차들도……."

"누가 그딴 거 신경이나 쓴대! 신호 위반하고 갔다가 사고 나면 운전자만 개작살이야! 너 보호해줄 사람이나 기관은 어디에도 없다고!"

"그, 그래도 지금 요구조자가 위험한 상황에서……."

"죽겠다고 나간 사람이야. 붙잡는다고 뭐가 달라져? 그 사람의 고통이 덜어지길 해, 뭘 해. 얘기 들어보니 이제 뭐 선수 생활 못 한다며. 다시 데뷔시켜줄 것도 아니면서 살려만 두는 게 진짜 그 사람을 위하는 일이야?"

악의로 가득한 말을 기관총처럼 쏘아붙이던 치운은 제 분노에 제가 지쳤는지 의자에 쿵 소리를 내며 뒤통수를 박아댔다. 기괴하기까지 한 그의 행동에 해랑은 아무런 말을 하지 못했다. 밖으로 울리지 못한 사이렌이 해랑의 머릿속에서 연신 경고음을 울리는 것만 같았다.

"끝만 보는 사람한테 우리가 무슨 도움이 되겠냐고……."

"……."

"반 순경, 가만 보면 경찰이 하는 일은 전부 거꾸로야. 남들은 도망치는데 우리는 정작 거기로 뛰어들어 가야 돼. 근데 어느 순간부터 말야, 도망치는 사람들이 뛰어드는 날 보며 비웃고 지나가는 것처럼 보일 때가 많다고. ……언제부터였을까? 그게 기억이 안 나."

울적한 날이었다. 엄마랑 단지 서로에게 상처를 주기 위한 대화를 나누고 울면서 집을 뛰쳐나왔던 날, 해랑의 기분을 달래주려던 호연은 바다로 차를 몰았다. 호연이 이런저

런 이야기를 재잘거려도 도통 열리지 않던 해랑의 입술이
나, 그런 모습조차 귀엽다는 듯 바라보던 호연의 곁눈질이
떠올랐다. 그 장면을 떠올리자마자 누릿한 순찰차 속 공기
에서 갑자기 바다 내음이 나는 것만 같았다. 전날 비가 온 탓
에 물기가 채 마르지 않은 모래를 밟을 때의 사각거림이나,
호연이 모래 위에 주운 나뭇가지로 새긴 글자를 읽던 떨림
이 아직도 생생했다. 규칙적으로 물결치는 바다를 바라보며
화를 삭이던 해랑에게 호연이 한 말이 있었다.

"왜 그렇게…… 죽음만을 보고 걸어요?"

치운이 무슨 뜻이냐는 듯 돌아보는 게 느껴졌다. 해랑은
이제야 호연의 말을 이해할 수 있을 것 같았다.

"반대쪽에 이렇게 멋진 파도가 있는데."

해랑은 순찰차의 속도를 조금 높였다. 재상의 안위가 걱
정되었고, 무엇보다 재상을 애타게 찾을 송구와 영란에게
도움이 되고 싶었다.

10

"저기, 저 사람! 저 사람이에요!"

아파트 CCTV를 통해 파악한 재상의 인상착의를 한 사람

이 대교 난간 위를 서성이고 있었다. 반대편 차선이라는 게 문제라면 문제였지만. 차에서 내려 뛰어가야 하나 고민하던 때 무건이 경광등을 켜고 사이렌을 울렸다. 일순간 한강 위를 바삐 지나던 차들이 주춤거리기 시작했고 그 틈에 경차는 끼끼거리는 소리를 내며 급히 유턴하는 데 성공했다. 중앙분리대가 없는 지점을 정확히 노려 유턴에 성공하는 무건의 운전 솜씨가 예사롭지 않았다. 무건의 무거운 몸이 좌우로 이리저리 흔들리는 통에 차가 한쪽으로 넘어져버리는 건 아닌지, 송구는 진지한 걱정이 들었다.

한강만 바라보던 재상도 사이렌 소리를 들었는지 고개를 돌렸다. 무건이 타이밍 좋게 브레이크를 밟자마자 송구는 바로 재상에게 뛰어갔다. 도루를 결심한 타자처럼 뒤도 돌아보지 않고. 어떤 견제구가 날아오더라도 반드시 진루하겠다는 다짐 하나로.

"한재상 선수님!"

선수 시절보다 살이 빠졌지만 여전한 거구인 재상의 품에 쏙 안긴 송구는, 도박장에서 만난 페인트 통을 든 남자에게 배운 기술을 써먹었다. 재상을 품에 안고 손깍지를 꼭 끼운 것이다.

"뭐, 뭡니까?"

당황한 재상이 뒷걸음쳤지만 송구의 기술이 효과가 있는

지 떼어내지 못했다. 역시 쓸모없는 현장 경험은 없다는 정열의 말이 맞았다.

"여긴 마운드가 아니에요! 야구는 아홉 명이서 하는 경기잖아요!"

"……."

"야수를 믿고 던져요. 인생도 혼자서 사는 거 아니니까……. 어머님이 많이 걱정하세요."

송구는 울지 않으려 어금니를 딱딱거렸다.

"지금이 재상 선수의 스토브 리그 아닌가요? 몸값을 더 올릴 기회라고 생각해요, 저는!"

나름 고심한 대사였는데 재상이 어떻게 받아들일지는 알 수 없었다. 어쨌거나 이 정도까지 시간을 끌었다는 데 의의를 두고 싶었다. 뒤이어 다가온 무건이 무전하는 소리가 어렴풋이 들려왔다.

"우당 파출소, 여기 순 23호. 요구조자 찾았습니다. 곧…… 함께 무사 복귀하겠습니다."

정열의 호탕한 답도 이어졌다. 어찌나 목소리 볼륨이 큰지 굳이 귀를 기울이지 않아도 한강 위를 쩌렁쩌렁 호령했다.

―고생했다! 집으로 돌아온나!

재상과 함께 홈으로 달리기만 하면 된다. 무건의 호위 아래에서는 충분히 가능하고도 남겠다고, 송구는 생각했다.

5장
우천 취소

1

더위에 장마까지 더해지자 습도가 무시무시하게 올라갔다. 에어컨을 낮은 온도로 빠르게 돌려서 습도를 빼내거나 제습기를 작동시켜야 했지만 예산이 부족한 우당 파출소는 어느 것도 할 수 없었다. 여전히 정부 지침대로 에어컨 온도가 27도에 머물러 있으니 공기는 한없이 꿉꿉해져만 갔다.

"여 바닥 한가운데 마른 오징어 하나 놔두면 다음 날 살아서 바다까지 가긋다!"

정열은 지긋지긋하다는 듯 소리쳤지만, 차마 에어컨 온도를 낮추진 못했다. 파출소 운용비가 갈수록 부족해지는 게 눈에 보였기 때문이었다.

"여가 파출소인지 어항 안인지 모르겠구만. 아따, 마, 하늘에 빵꾸 난 것처럼 비가 쏟아지는데 이리 더울 수 있는 기가?"

"이번 장마는 심상치 않아 보여요. 유독 길고 힘들 것 같네요."

"쏟아지는구만. 하늘도 하소연할 게 많았는갑지."

거세게도 쏟아지는 비에 순찰 근무는 잠시 중단하고 112 신고 처리에 우선순위를 두자는 상황실 지침이 내려진 덕에 우당 파출소 2팀 식구들은 참으로 오랜만에 사무실에 다 같이 모인 채로 야간 근무를 서게 되었다. 팀원들이 모두 한 공간에 있는 모습이 송구에게는 여태껏 좋은 기억으로 남은 적이 없었다. 2인 1조로 해결하기 힘든 강력 사건이 발생했거나, 사건 대상자가 많아 통제 인력이 부족할 경우에만 팀원들이 함께 모였으니까. 오늘은 힘든 사건은 없고 날씨만 힘들면 좋겠다는 송구의 기도가 무색하게 유달리 이상한 민원 전화가 많이 걸려왔다. 지금도 대복은 변비에 걸려 죽겠다는 웬 할아버지와의 전화를 끊지 못하고 나름의 상담을 해주는 중이었다. 112 신고는 급박하거나 경찰관의 도움이 꼭 필요할 때 선택할 수 있는 방안이지만 생각 외로 범죄와 무관한 신고가 엄청나게 쏟아지는 게 현실이었다. 경찰청의 통계 자료에 따르면 1년에 접수되는 신고가 보통 1,800만

건 정도라는데, 그중 반절 이상이 경찰의 업무와 아무런 상관이 없었다. '신고'가 아니라 그야말로 하소연에 가까운 '전화'였다. 상황실에서는 112에 신고가 아닌 전화를 거는 민원인에게 관할 파출소 전화번호를 알려주곤 했다. 일종의 폭탄 돌리기인 셈이었다. 그리고 지금 변비 폭탄을 맞닥뜨린 대복이 절절매는 중이었고.

"네, 어르신, 힘드신 거 알지만……. 그죠. 보름 동안 응가 못 하셨으면 당연히 힘드시겠죠. 약국에서 파는 관장약 드셔보셨어요? 아……. 효과 없으셨다고요……. 그, 요새 약 말고도 주스 형태로 나오는 관장 식품들이 있거든요. 네, 네……. 그런 걸 드셔보시면……. 저는 볼일 잘 보는데요. 네……."

"저런 전화에 왜 절절매? 알아서 잘 싸시라 하고 끊어야지. 저런 걸 끝까지 민원 상담이랍시고 붙들고 앉았으니 다들 파출소를 해우소로 아는 거 아냐."

민원을 대하는 대복의 태도가 마음에 들지 않았는지 혀를 차던 치운은 소파에 앉아 때가 잔뜩 낀 이어폰으로 귀를 틀어막았다. 치운은 종종 소파에 민망할 정도로 다리를 벌리고 앉아 유튜브 영상을 보곤 했는데 그 모습이 마치 자신에게 어떠한 말을 걸지도, 일을 시키지도 말라는 강경한 시위처럼 보였다. 정열이 제일 꼴 보기 싫어하는 모습이기도 했다.

시중에서 인기 있는 관장 주스를 일곱 개쯤 추천해주고 나서야 겨우 전화를 끊은 대복이 짧게 한숨을 내쉬었다.

"신고 종결 내용은 뭘로 할까? 신고자에게 올리브영 방문을 권유했다고?"

송구가 웃긴 듯 히죽거리자 대복이 지친 얼굴로 손사래를 쳤다.

"진짜 말 안 통하는 할아버지였어. 살면서 누군가로부터 이렇게 오래 똥 얘기를 들은 적이 없는 것 같은데…….."

"아닌 건 아니라고 딱 잘라 말하고 끊어. 제대로 된 신고도 아니잖아. 한번 받아주면 계속 전화 올걸? 너만 찾을걸? 말 잘 들어주던 청년 어딨냐고 너 바꿔달라고 할지도 몰라."

"야……. 아무리 그래도 어떻게 그러냐? 자기 말 들어주는 사람이 얼마나 없었으면 여기까지 전화하셨을까. 돈 드는 일도 아니고 말 몇 마디 들어주는 건데 뭐."

대복이 고생한 십 분을 '건강 질의하는 민원인에게 전화로 안내함'이라는 간결한 문장으로 마무리한 송구가 고개를 좌우로 흔들었다.

"그 마음은 좋은데…… 네가 지칠까 봐 그러지. 하소연은 끝도 없잖아. 자기 마음 알아봐줄 사람 기다리며 쌓은 둑이 삽시간에 터질 텐데. 잠기지 않게 조심해. 뭐, 너는 키 크니까 어느 정도 잠겨도 숨은 쉬겠다만 난 무리야. 키 작아서 제일 먼저 잠겨 죽을걸. 나 먼저 죽고 그다음 해랑이, 그리고 한참 뒤에 너겠다."

"죽긴 뭘 죽어? 내가 다 살릴 건데."

"그럼 키 작은 나부터 살려줘. 해랑이는 나보다 10센티미터는 더 여유 있으니까……."

"넌 물에 빠져도 입만 떠다닐 건데……. 반해랑부터 살리는 게 낫겠다. 쟤는 입이 무거워서 금방 가라앉을 것 같아."

대복이 확연히 작아진 목소리로 덧붙이면서 슬쩍 해랑을 바라보았지만, 해랑은 두 사람의 대화엔 관심도 없다는 듯 다른 일에 몰두하고 있었다.

민원인의 발길이 끊긴 파출소는 어쩐지 너무 고요해서 사무적인 분위기만 감돌았다. 정해진 시간을 기계적으로 보내기만 하면 퇴근이 기다리고 있다. 쏟아지는 비로 인해 일주일 사이에 잡힌 야구 경기가 줄줄이 취소되면서 활기를 잃은 송구가 무거운 눈꺼풀을 끔뻑였다. 습도 때문에 묵직해진 공기까지 더해지며 야간 근무가 더욱 길게 느껴졌다. 정열과 무건은 고요 속에서도 조잘조잘, 잘도 과거 얘기를 나누고 있었다. 정열은 수다스럽고 무건은 추임새를 잘 넣는 편이어서 두 사람 사이 대화는 가늘고 길게, 신기할 정도로 오래 이어지곤 했다. 치운은 여전히 이어폰으로 세상과의 소통을 차단한 채 신뢰성이 떨어지는 유튜브 영상만 보고

있었다. 대복은 얼마 전부터 지나치게 해랑을 의식하는 듯
했고 해랑은 눈에 띄게 말수가 줄었다. 대복을 의식해서 그
런 건 아닌 것 같고, 무언가 고민스러운 일이 있는 느낌이었
다. 입속에 식량을 숨기고 다니는 다람쥐처럼 해랑은 꼭 해
야 할 말도, 그저 그런 말도 모두 삼키는 타입이었다. 물만두
를 연상시키는 통통한 볼 속에 무슨 말을 꼭꼭 싸들고 다니
는지, 송구는 친구로서 해랑이 진심으로 걱정되었다.

112 신고 처리가 최우선 업무인 지역관서 경찰관에게 신
고를 처리하지 않는 시간은 온전히 기다림으로 점철된 시간
이었다. 팀원들의 모습을 둘러보던 송구는 오늘 밤 우당동
엔 누가 누구를 때리는 일도, 누가 누군가에게 맞는 일도, 외
로움에 혼자 눈물짓는 사람도 없을 것 같은 묘한 안도감까
지 들었다. 변비에 시달리는 할아버지가 오늘의 가장 심각
한 신고이기를 바라며, 우당 파출소 2팀원들은 밤을 벗 삼아
퇴근을 기다렸다.

"왜 비만 오면 독특한 사람들이 나오는 걸까요? 평소엔
잘 보이지도 않다가요."

뒷짐 지고 서서 밖을 바라보는 무건이 물었다. 장마가 시
작된 이후 축구 삼총사는 주차장에서 모습을 감추었다.

"비 내리는 소리가 꼭 누가 오는 것 같아서 그러는 거 아
니겠나. 누워서 눈 감고 듣고 있으모 이게 비가 오는 긴

지…… 방문을 두드리는 긴지…… 종종 헷갈리드라고. 다 외로운 사람들 아이가. 누가 자기 찾아온 줄 알고 버선발로 뛰어 나갔다가 아무도 없으니까네 파출소라도 오는 기지. 우리 파출소 간판은 늘 불이 켜져 있다 아이가. 이십사 시간 연중무휴! 이런 데가 또 어딨노."

배가 고픈 듯 입을 쩝쩝거리던 정열이 느릿느릿 대꾸했다. 그가 간식거리를 사기 위해 자주 방문하던 우당 시장도 빗물에 지붕 일부가 무너지면서 문을 닫은 지 수 일째였다.

2

—우당 파출소, 여기 상황실.

"여기."

—음주 의심 신고가 계속 접수됩니다. 빠른 조치 바랍니다.

"확인 중입니다."

송구가 무전에 답하자마자, 옆에서 112 신고 시스템을 보던 정열이 고함을 내질렀다. 빗방울도 떨릴 만큼 큰 진동이었다. 비 내리는 평안한 밤을 기대했던 송구의 바람과 정반대의 태풍이 우당 파출소를 뒤흔들고 있었다.

"이번에도 금마제?"

"네. 삼진이가 계속 신고합니다."

태풍을 몰고 온 건 몇 마리의 나비가 아니라, 언젠가부터 우당동에 둥지를 틀고 출몰하기 시작한 유튜버였다. '음주삼진'이라는 채널명으로 활동하는 익명의 유튜버는 밤거리를 돌아다니며 음주 운전으로 의심되는 자동차를 112에 신고하는 일을 반복했다. 얼핏 옳은 일처럼 보일 수 있지만, 실질적으로는 자신의 콘텐츠를 띄우고 돈을 벌기 위해 막무가내로 경찰 시스템을 악용하는 악질이었다. 다섯 대의 휴대폰으로 번갈아가며 112에 신고 폭탄을 퍼붓는 그는 음주 의심 차량을 목격한 순간부터 112에 신고하는 과정, 이어지는 경찰의 대응까지 모두 녹취와 녹화를 거듭해 영상으로 올렸고, 입맛대로 편집하면서 경찰관을 곤경에 빠트렸다. 경찰관이 궁지에 몰릴수록 구독자들이 더욱 열광했기 때문이었다.

음주삼진 채널은 전국 각지를 돌며 순회공연을 펼치듯 전국의 경찰관을 괴롭히고 다녔지만 주 무대가 우당동인 탓에, 우당 파출소는 주메뉴처럼 달달 볶이다시피 했다. 매일 활동하는 건 아니었지만 한번 출몰하면 업무가 마비될 정도로 신고를 퍼부었기에 우당 파출소 경찰관들은 모두 그를 '삼진이'라 부르며 치를 떨었다. 자극적인 콘텐츠로 구독자를 모으는 데 성공한 삼진이의 영향력이 날이 갈수록 커지면서, 각종 인터넷 커뮤니티에서는 우당 파출소가 세상에서 가장 쓸모없는 관공서로 선정된 지 오래였다. 마운 경찰서에까지 우당 파출소를 없애야 한다는 민원이 빗발치는 상황은 미래가 파출소 구원 프로젝트를 발의한 이유이기도 했다. 정작 우당동에 거주하는 주민들은 동네를 지키던 파출소가 없어질 경우 치안 공백이 우려된다며 삼진이네 세력과 맞불 집회를 놓기도 했지만, 빈 그릇 서장은 꼭 들어야 할 동네 주민 의견은 등한시하고 우당동과 아무런 관련도 없이 인터넷을 호령하는 이들의 목소리에만 귀를 기울였다. 한때는 일부 경찰관들마저도 삼진이의 편집 기술에 현혹돼 우당 파출소를 공개적으로 비난하기도 했으나, 그의 구독자 수가 가파르게 상승하는 것을 목격한 다른 유튜버들이 유사한 채널을 만들고 경찰관을 공격하는 콘텐츠가 범람하면서, 국가 행정 기관인 경찰청이 이익만을 좇는 유튜버에 흔들리는 일이 전국적으로 확산되었다. 근거 없는 '아니면 말고' 식의 신고 폭탄은 곧 공무 집행 방해로 이어졌고 이는 자연스럽게 치안 공백을 야기했지만 당장의 임기를 조용히 보내는 데 급급한 경찰 지휘부는 단기적인 진화 작업에만 힘을 쏟았으니, 숲을 보지 못하고 나무만 베는 격이었다. 결국 모든 문제는 현장의 경찰관이 슬기롭게 해결하는 수밖에.

"오늘 삼진이 신고 터지기 시작해서 지금까지 총 일곱 건 뛰었다 아이가. 삼진이 것만! 억수 같은 비를 뚫고 기껏 용

의자 따라 잡아 확인했더니만 여섯 건은 오인 신고고 한 건
도 그냥 운전 서툰 사람이니까 결국 일곱 건 다 맹탕인데!
범죄의 '범' 자도 없는데 뭐 우짜자는 기고? 어?"

"삼진이한테 설명했는데 자기는 뭐 무조건 술 마신 사람
이 차에 타는 걸 봤다고 우기기만 합니다. 저희가 늦게 출동
하는 사이에 운전자를 바꿔치기한 건 아니냐고 오히려 따지
고 드는데……."

해랑이 난처한 듯 대답하자 정열은 어느 때보다 크게 웃
어 젖혔다. 입은 찢어질 듯 웃고 있지만 눈동자는 분노로 서
늘하게 빛나는 형상을 본 송구는 사무실 공기가 얼어붙는
걸 느꼈다. 에어컨 온도를 누가 실수로 내리기라도 했을까
싶어 주위를 힐끔거렸으나, 리모컨에 손을 뻗은 사람은 보
이지 않았다. 어느 때보다도 긴 야간 근무가 될 것 같았다.
황진이가 베어두었던 밤의 허리를 펼친 것도 아닌데, 정열
의 분노로 피로해질 밤이 사무치게 길게 느껴질 걸 알았다.
송구는 어디서 심판이라도 튀어나와서 엉망이 되기 직전인
근무를 어서 중단시켜주길 바랐다. 투수를 강판시킬 감독
이라도 튀어오거나, 하여튼 무언가가 경주마처럼 달려 나와
정열이건 폭주하는 삼진이건 인간적으로 달래주길 바랐다.
비가 많이 오면 야구 경기도 취소되는데, 왜 현장 경찰관에
겐 우천 취소가 없을까? 날씨가 시끄러우면 세상이라도 조

용해야 하는데 왜 같이 난타전일까. 송구는 차라리 변비에 걸린 할아버지가 다시 전화를 걸어오면 좋겠다는 데까지 생각이 미쳤으나, 대복의 조언을 듣고 산 제품이 정말 효과가 있었는지 이날 할아버지로부터 다시 전화가 걸려오는 일은 없었다.

3

커피 잔을 두고 미래와 마주 앉은 배지안 기자는 난처한 기색을 보였다.

"하유, 참, 저도 기자 생활을 오래 한 건 아니지만서도 이런 일은 처음이네요."

서울 지역 일간지를 만드는 신문사에서 일하는 지안은, 미래와 협업해 우당 파출소의 일상이 담긴 칼럼을 제안한 담당자이기도 했다. 지안이 머뭇거리며 전화를 걸 때 좋지 않은 기류가 흐른다는 걸 알아챘어야 하는데……. 착잡한 마음에 미래는 빨대만 쪽쪽 빨았다. 거의 줄지 않아 찰랑거리는 지안의 커피와 달리 미래의 잔은 가뭄이 닥친 논처럼 거의 바닥을 드러냈다.

"항의가 많이 들어오나요?"

"글쎄요. 항의라기보다는…….

지안이 이리저리 눈동자를 굴리는 게 보였다. '항의'라는 말보다 유한 표현을 찾으려 노력하는 눈치였지만, 쉽지 않은 듯 한숨으로 마무리 지었다.

"대한민국의 많고 많은 파출소 중에 왜 하필 우당 파출소냐는 의견이 대부분이에요. 뭐 연줄이 있냐! 이런 사람도 있고 아예 대응할 가치가 없는 저열한 비난도 있고요. 오히려 기존 구독자분들은 파출소에서 일어나는 소소한 일상 이야기를 들을 수 있어서 좋다는 평이 많아요. 특히 남혁우 부자의 이야기에 공감한다는 사람도 많고, 혁우에게 기부하고 싶다는 제안도 들어왔고요."

기부 이야기에 침울했던 미래의 표정이 활짝 펴졌다.

"기부요? 정말 감사한 제안인데요. 혁우 아버지가 고생을 많이 하고 계시니까…….

"사실 파출소가 심리적 저항선이 있는 관공서거든요. 주민 센터도 뭐 물어보러 들어가기가 쉽지 않은데 파출소나 지구대 같은 지역 경찰 관서는 더 그렇죠."

"정말 그렇게 느껴져요?"

미래의 머릿속에 커피 한 잔만 얻어먹고 싶어서 왔다는 민원인, 숙소비가 없는데 하루만 재워주면 안 되겠느냐는 취객, 이 건물 다 내가 낸 세금으로 운영하는 건데 집까지 순찰차로 태워달라고 행패 부리던 사람까지 줄줄이 스쳐 지나 갔다. 세상에서 가장 만만한 관공서가 아닐까 싶었지만, 다른 사람 눈에는 꼭 그렇지만도 않은 모양이었다. 지안은 눈동자를 반짝이며 대답했다.

"그럼요! 처음 기자가 되면 보통 경찰서 출입부터 시키거든요. 거기서 경찰관들과 같이 야간 근무도 하고 시간 보내면서 세상이 어떻게 돌아가는지 보라고 해요. 저도 처음 경찰서 형사팀 사무실에 들어갈 때 어찌나 긴장을 했는지……. 왠지 다들 인상도 좀 거치신 것 같고, 일단 기자라는 직업 자체를 반기는 분위기는 아니니까요."

"경찰과 언론은 뭐……. 친한 관계는 아니니까요. 친하게 지내기도 어렵고. 상생할 방안이 부족한 게 사실이긴 해요. 사실 그래서 파출소 칼럼 제안드렸을 때 당연히 거절당할 줄 알았는데 받아주셔서 좀 놀랐습니다."

미래가 남은 커피를 천천히 빨아 마셨다. 최악의 상상이 현실이 되었다는 걸 인정해야 할 타이밍이었다. 입술에 남은 커피 한 방울까지 음미한 뒤 미래가 천천히 입을 열었다.

"그런데 분위기 보니까…… 아마 철회되겠죠? 저희 우당 파출소 소개 칼럼은요."

"네? 철회라뇨?"

무슨 말이냐는 듯 눈을 깜빡이는 지안의 모습에 더 당황한 건 미래였다.

"아니, 항의도 많이 들어온다고 하시고……. 신문사 안에서 분위기가 안 좋은 거 아닌가요? 그 말씀 하려고 오늘 저 보자고 하신 거 아니…… 었나요?"

절망이 희망으로 바뀌려는 기미를 포착한 미래는 말을 조금 더듬고 말았다.

"하하하. 소장님도 참, 설마요! 솔직히 저도 그렇게 될 거라고 예상했어요. 하지만 저희 사회면 데스크에 계신 팀장님이 오히려 지금 상황에 더 흥미를 느끼고 계시거든요. 조회 수만 챙기면 그만인 유튜버들한테 시달리는 곳이 우당 파출소 한 곳만 있는 것도 아니고, 심지어 비난 대상이 경찰에 국한된 것도 아니고요! 그런 현실이 더 큰 문제라고 지적하셨어요."

"그러면……."

다음에 이어질 지안의 말을 기다리며 미래는 침이 절로 꼴깍 넘어갔다.

"소장님은 지금 하시는 일에 집중하시면 됩니다. 저는 기자로서 할 수 있는 다른 일을 말씀드리려고 오늘 뵙자고 한 거고요. 물론 저희 신문사의 규모나 영향력이 중앙지만큼 막강하진 않지만……. 그래도 도움이 될 수 있을 거예요. 음주삼진 채널 말이에요. 그 유튜버의 신상이나, 왜 하필 우당동을 근거지로 잡았는지…… 사소한 부분이라도 아시는 거 있으세요?"

아무에게도 말하지 않았던 비밀을, 자신보다 어리고 경력도 부족한 기자에게 털어놓을 수 있을까? 언제 쓸지 고민하며 꼭 쥐고 있었던 패를? 미래는 찬찬히 지안을 바라보았다. 다부진 눈썹 사이에서 정의감이 드러났다. 정의감 하나로 밥 먹고 살 순 없지만 맛있는 밥을 먹게 해줄 원동력은 된다는 걸, 지안도 알고 있는 것 같았다. 인생을 구원하는 건 이처럼 돈으로 환산할 수 없고 돈 앞에서 잘 보이지도 않는 마음속의 가치임을, 미래도 모르진 않았다. 명석한 머리와 노련한 태도로 소위 말하는 엘리트 코스만 밟은 미래에게 일생일대의 도박이 시작될 참이었다.

4

지루하게 이어지는 장마처럼, 새롭게 돌아온 야간 근무에도 삼진이의 신고는 여전히 이어졌다. 그의 구독자들은 진시황릉 병마용처럼 삼진이만을 위한 사병처럼 굴었는데, 그룹으로 나뉘어 움직이는지 마운 경찰서 전체 관내에 신고가 동시다발적으로 접수되었다. 신고를 접수하는 상황실도, 신고의 실체를 확인해야만 하는 지역 경찰도 각자의 입장에서 할 말이 많긴 마찬가지였다.

 ─우당 파출소 팀장, 여기 마운 경찰서.

 상황실에서 급기야 무전으로 정열을 불렀다. 신고가 접수될 경우 상황실에서는 해당 신고지를 관할하는 순찰차만 부르는 게 통상적인데, 근무 중인 팀장을 직접 호명한다는 건 그 이상의 심각한 상황이 발생했다는 뜻이었다. 우당 파출소 전체가 울리도록 불만을 토하던 정열도 일순간 얌전해져서는 의자에 후다닥 앉아, 그럼에도 다리를 약간 벌리는 건 잊지 않고 무전에 응했다. 미약하게 벌어져 있는 다리 각도가 정열의 마지막 자존심인 것 같다고, 송구는 생각했다.

 "여기 우당 파출소 2팀장 경감 강정열입니다."

 ─같은 신고자로부터 음주 의심 신고가 지속적으로 접수되고 있는데 교통정리 좀 하시기 바랍니다. 상황실 업무가 마비될 정도라…….

 "뭔 교통정리를 우예 한답니꺼. 대화가 통해야 만나서 풀든 전화로 말이라도 전달하든 하지예. 고마 상황실에서도 신고 접수 안 하면 되는 거 아입니까?"

 ─현장 대처 능력이 그래서 필요한 거죠. 팀장은 그런 거 하라고 팀장 아닙니까?

 정열이 어금니를 뿌드득 갈았는데, 송구의 귀에는 마치

그를 제어하고 있던 마지막 제동 장치가 끊어지는 소리처럼 들렸다.

"삼진이 채널에서 내 별명이 '머라카노 팀장'이라지예. 금마들이 온 천지 삐까리에 내 얼굴 찍고 목소리 녹음해 올리가 평생 먹을 욕은 다 먹고 있는데……. 우리 같은 경찰 식구 아입니까. 우리끼리는 격려를 좀 해줘야지예……."

―……무슨 말씀인지 알겠는데 그래도 우선 확인을 해보시고…….

"확인…… 해봐야지예. 우리는 부르면 부르는 대로 가는 팔자니까. 내가 밖에서 무슨 욕을 먹든 경찰 팔자려니 하겠는데……. 후배 앞에서 부끄럽고 싶진 않네예. 우리 경찰이 어쩌다 이 지경이 됐을까예? 머라카노 팀장이 머라 카는지 상황실에선 알겠습니꺼?"

말을 마친 정열은 사무실 무전기와 연결된 전선을 뽑아버렸다. 깜짝 놀란 무건이 후다닥 선을 연결했지만, 그사이 상황실에서 어떤 대답이 나왔는지는 아무도 듣지 못했다. 어쩌면 아무 말도 안 했을 수 있지만, 모르는 게 약이리라.

"우리 형님이 오늘 옳은 소리만 하셨네!"

물 먹은 솜처럼 무거워진 사무실 분위기를 만회하려는 무건의 호쾌한 외침이 공허하게 울렸다. 속에 울분이 끓는지, 정열은 대답 대신 방귀만 뀌었는데 하필 정열의 엉덩이 근처에 있던 공기청정기가 급격히 빨간색으로 바뀌면서 맹렬한 속도로 모터를 돌리기 시작했다.

"오늘 삼진이 신고는 제가 다 책임질 테니까 우리 팀장님은 좀 쉬셔요. 이른 저녁부터 기운 빼지 마시고요."

"왕년에는 순경이 하는 말이라도 다들 들어주는 척이라도 했는데. 우리 경찰이 우짜다 이리 됐노? 카메라 든 놈들 앞에서 해야 할 말도 못 하고 쥐새끼처럼 뒤로 숨어서는……."

"잘못된 선배님들의 업보라고 생각하십쇼, 형님!"

무건이 씩씩하게 대답하자, 정열이 방금 뀐 방귀보다 큰 소리로 콧방귀를 뀌며 대꾸했다.

"얌마! 니도 전경 출신이잖아. 내 업보가 많겠냐, 니 업보가 많겠냐? 하기사. 경찰 팔자에 업보 따져봐야 뭐 하긋노. 우린 고마 각설이 아니가? 전국 어디든 발령 나는 대로 떠돌아댕기는 게 각설이 아이모 머겠노."

여전히 세차게 내리는 비는 우당 파출소의 문을 두드리고 있었다. 문틈으로 빗물이 새어 들어오는 게 보였다. 정열은 책상 위에서 모자를 집어 들어 고쳐 썼다. 해랑은 무전이 끝났을 때부터 진작 출동 준비를 마친 상태였다.

"어이구, 가보자. 음주삼진인지 나발인지……. 한번 가보자고."

정열의 뒷모습이 사라지는 걸 확인한 치운은 그제야 진심을 내뱉었다.

"어차피 기대할 것도 없었지만 올해도 성과 평가는 C 등급 확정이네. 상황실까지 들이박았으니. 우당 파출소는 하여간 별 지랄을 다 해도 매년 C 등급이라니까. B 등급이라도 받아본 적이 없어! 여기 있다는 이유로 일 년에 손해가 얼마야. 앙?"

독을 품은 치운의 말에 대꾸하는 사람은 아무도 없었다.

5

송구의 휴대폰에서 울리는 진동으로 책상까지 덜덜거리자, 대복이 송구를 힐끔거리다 말을 꺼냈다.

"어이, 강 경장. 뭔 연락이 그리 오냐? 역시 고위직은 알아서 연락이 쫙쫙 오는 모양이지?"

"가족 단톡방인가? 오늘 참수리 경기도 우천 취소 돼서 할 말이 없을 텐데……."

모니터에 시선을 고정한 송구는 대복을 돌아보지도 않고 대답했다. 정열과 해랑이 나간 지 한참 되었는데도 복귀하지 않아 112 시스템으로 관내 지도를 보는 중이었는데, 두 사람이 탄 차는 여전히 도로 한중간에 멈춘 상태였다. 또 삼진이 추종단과 시비가 붙은 건 아닌지, 그래서 머라카노 팀장과 함께 다니는 물만두 순경이 유튜브 실시간 인기 동영상에 오르는 건 아닐지, 송구는 심각하게 걱정되었다.

"아, 뭐가 계속 울려……."

진동이 계속되자 송구는 모니터에서 자신의 휴대폰으로 시선을 옮겼다. 확인해보니, 중앙경찰학교에서 같은 방을 썼던 경찰 동기들로 구성된 메신저 대화방이 웬일로 활발한 게 원인이었다.

비 개많이 옴. 너네도?
야. 말도 마. 쏟아진다. 근데 신고도 쏟아짐.
나 방금 비가 너무 많이 온다고 신고 들어옴.
구라 치지 마.
진짠데.

정말로 비가 많이 온다는 내용으로 접수된 신고 화면을 찍어 보낸 동기의 표정이 그려지는 듯해, 송구는 순간 웃음이 났다. 웃음기를 유지한 채 송구도 손가락을 바삐 움직였다.

종결 내용은 뭐라고 했는데?

앞으로도 비가 계속 올 거라는 기상청 예보 안내함, 이라고 했어.

진짜 실화라고?

이상한 신고에 시달리는 건 우당 파출소뿐만이 아니었나
보다. 그 사실이 묘하게 위로가 되면서도, 대화방에서 사라
지지 않는 '1' 표시의 주인이 해랑인 것 같아 송구는 다시금
표정이 굳었다. 무전으로 불러볼까, 지원이 필요한 상황이
면 가준다고 말이라도 해볼까, 손가락을 꿈틀거리던 때 갑
자기 신고 접수 알림이 울렸다.

빗길 교통사고, 낙루천 복개도로, 차 대 차, 연쇄 사고

모니터에 뜬 글자는 송구와 대복을 긴장시키기에 충분한
단어들이었다.

"아이고, 이 날씨에 교통사고……. 팀장님은 아직이신
가?"

무건이 인상을 찌푸리며 말했다. 빗길에 2차 사고 가능성
도 있어 위험한 상황인 만큼, 신고 내용 앞에 붙은 사이렌 마
크가 붉게 빛나고 있었다.

"상황실, 여기 우당 파출소! 방금 접수된 차 대 차 신고,
교통에서도 나오는 겁니까?"

—네. 교통에도 지령 완료했습니다.

"예썰. 이 지겨운 비가 그치게 기도해주세요."

무전기에서 웃음기 섞인 소리가 대답 대신 흘러나왔다.

"우산보단 우비를 쓰는 게 더 낫겠죠? 우산 들고 다닐 정신이 없을 것 같아요."

대복이 영화 〈혹성탈출〉 속 유인원처럼 콧구멍과 가슴을 동시에 들썩이며 말했다. 긴장을 감추는 법이라곤 모르는 타입이었다.

"우비가 인원수대로 있나? 순찰차당 하나씩 주지 않았어, 그때?"

송구는 장마가 시작되기 전 파출소에서 혼자 분주하던 용희를 떠올리려 애썼다. 드라마 애호가인 용희는 시청 중인 드라마의 여자 주인공과 말투가 같아지는 버릇이 있었는데, 최근엔 유부남과 사랑에 빠진 여자 주인공의 인생을 담은 드라마를 본다고 했었다. 우천 사태를 대비해 순찰차 트렁크에 실린 장비를 일체 점검하라는 지시가 내려왔고, 용희는 무건과 함께 불륜을 들키지 않으려 애쓰는 주인공처럼 민첩하게 그 일을 해냈었다. 그러고는 갑자기 쓸쓸한 자신의 처지를 비관하는 듯한 말투로…… 뭐라고 했더라? '남편도 하나, 우비도 순찰차당 하나……. 세상에, 좀 두 개 갖고 있으면 덧나나요?'라고 했던가? 용희의 말을 들은 미래가 질색하던 다음 장면까지 떠올랐다. 여기서 중요한 사실은, 우비가 순찰차당 하나씩만 실려 있다는 사실이다.

"얼마 전에 관리반장님이 일체 점검할 때 하나만 있다고 하셨던 것 같아요. 추가 보급 요청했는데 교통이 최우선 지급 부서라 지역 경찰은 좀 밀릴 거라고 하셨습니다."

송구는 자기도 모르게 용희의 톤으로 답할까 봐 조심했다. 무건이 나가려는 찰나, 귀에서 뺀 이어폰을 주머니에 쑤셔 넣은 치운이 제법 묵직하게 외쳤다.

"대복이! 가자. 신고 뛰러."

"예?"

"뭘 꺼벙하게 섰어. 무건 주임이랑 강 경장은 파출소 대기해야지. 방문 민원이랑 다른 신고 들어오면 처리해야 하니까. 우리가 교통정리 하러 가자고."

"아, 예!"

멀뚱히 있던 대복이 황급히 모자를 매만지며 밖으로 뛰어나갔다.

"형, 우리 순찰차 신고잖아요. 우리가 나갈 건데!"

"아, 됐어. 팀장님 파출소 복귀하면 삼진이 욕하면서 난리칠 거 뻔한데 듣기 싫다. 넌 팀장님 좀 달래다가 나와. 팀장님 쪽에 지원이 더 필요할 수도 있으니까."

선배답게 나서야 할 일도, 적당히 달래며 지나가야 할 일도 모두 모르쇠로 일관하던 치운이 어쩐 일로 앞장섰다. 무건은 조금 꿈을 꾸는 듯한 표정으로 그 모습을 바라보았다.

"……장마 끝나면 팀 회식 한번 하자고 팀장님한테 제안할까?"

"좋죠."

"다들 야간 근무하면서 쉬는 날엔 자야 하니깐 퇴근하고 밥 한 끼 먹기가 힘들다. 그치? 메뉴는 뭘로 하자고 그럴까?"

"정열 팀장님은 보나마나 우당 시장에서 국밥 먹자고 하실 것 같아요."

"뭐…… 동기랑 먹는다면 그만 한 음식도 없지. 배도 가슴도 뜨끈하게."

6

행정적으로는 하나의 우당동이었지만 집값에 따라 좌당동과 부당동으로 나뉘어버린 희한한 동네. 두 동을 나누는 기준은 정확히 그 가운데를 흐르는 낙루천이었는데, 그 위로는 십자가 형태의 큰 도로가 형성되어 있었다. 가로로 길게 빠진 도로는 왕복 8차선으로 규모가 컸지만, 세로 부분의 도로는 지형 조건상 완전한 복개도로로 만들 수 없어 한 강 위를 지나는 다리처럼 만들어졌다. 때문에 사실상 다리 위에서 난 사고인 데다 가시거리가 극도로 줄어든 기상 상황까지 겹치면서 현장은 아수라장이었다. 최초 신고는 단순 차 대 차 충돌이라고 접수되었는데 그사이 2차 사고가 일어나서 실제로는 4중 추돌이 발생한 상황이었다.

"대복이, 넌 일단 우비부터 입고 트렁크에서 경광등 찾아서 꺼내. 반짝이는 것 좀 들고 시작해야지, 원! 이러다 다른 사람들까지 사고에 휘말리겠어!"

헬스장에서 무거운 쇳덩이는 들었어도 맨몸으로 다리 한복판에서 장맛비를 견뎌본 적 없는 대복은 당황스러움에 허둥거렸다.

─순 22호! 상황이 어떻습니까?

무전기 너머에서 무건의 목소리가 들렸지만 비에 젖은 대복의 손가락은 자꾸만 버튼에서 미끄러졌다.

"자동차 네 대 충돌! 교통에서는 안 오고 뭐 합니까? 다리 위가 엉망이라 순찰차 한 대로는 역부족입니다! 2차 사고 이어질 위험 다분!"

─교통에 재차 연락하겠습니다! 아까 출동했다고 하는데 비 때문에 차량 정체가 심한 모양입니다!

평소라면 늦어지는 지원을 끝없이 붙잡고 불평했을 치운

이었지만, 지금은 그마저도 사치스러운 듯 현장을 정신없이 뛰어다녔다. 차 문이 찌그러져서 동승자가 나오지 못하고 있다는 운전자의 다급한 외침부터, 부르지도 않았는데 어떻게 알고 도착한 견인차, 보험회사 통하지 않은 사설 견인차는 이용하지 않겠다며 실랑이를 벌이기 시작한 운전자, 사고 차량이 차선을 물고 멈춰서 있어 발생한 교통 정체에 경적을 울리고 지나가는 사람까지 누구 하나 고요한 사람이 없었다. 저마다의 사정을 말하지 못해 안달이었다.

하도 야구 경기를 보다 보니 송구는 언제부턴가 세상 풍경이 아주 느릿하게 보일 때가 있다고 했었다. 시속 150킬로미터를 넘실거리는 야구공에 비하면 사람들이 표정을 바꾸는 순간이나 입술이 달싹거리는 게 아주 느릿하다고, 그래서 변화의 순간이 선명히 잘 보인다고 말이다. 바닥으로 떨어지는 빗방울의 속도가 점점 느려지더니, 일순간 다리 위 풍경이 대복의 눈에도 아주 느린 슬로 모션처럼 보이기 시작했다. 우비를 입지 못하고 현장을 통제하려 뛰어다니는 치운의 어두운 모습이나, 실패한 영업에 분풀이라도 하려는 듯 거칠게 운전하는 견인차의 후미등, 휴대폰을 붙잡고 보험회사가 언제 도착하느냐며 재촉하는 사람들의 입모양 같은 것들이. 경광등을 들고 치운에게 달려가려는데, 어깨 위로 유독 많은 빗방울이 떨어졌다. 꼭 대복에게 할 말이 있는 것처럼, 어깨를 붙잡고 늘어지는 것처럼. 얼른 치운에게 반짝이는 뭐라도 쥐여줘야 했지만 대복은 발바닥에 본드라도 붙은 것처럼 쉽사리 움직일 수 없었다. 물 먹은 보급화는 너무 무거웠고, 젖은 근무복은 색이 너무 어두워져서 치운이 어디쯤 서 있는지도 제대로 분간되지 않았다.

끝 차선에 있던 견인차가 도로 상황도 잘 살피지 않고 갑자기 옆 차선으로 끼어들자, 뒤에서 오던 트럭이 급하게 핸들을 돌리다 휴대폰 플래시를 켜고 상황을 정리하던 치운을 충격했다. 어두운 색깔의 차림으로 도로를 뛰어다니던 치운을 제때 발견하지 못한 트럭 운전자가 급하게 브레이크를 밟았지만 수막현상에 의해 타이어는 도리어 미끄러졌다. 교통정리를 하던 치운의 외침은 잘만 흩어지더니, 비명은 빗방울을 뚫고 오히려 선명하게, 날카롭고도 뾰족하게 대복의 가슴을 찔렀다. 사고의 충격으로 지면에서 붕 뜬 치운은 다리 밖까지 밀려나 장마로 급격하게 불어난 낙루천 물살 속으로 떨어졌다. 그의 시신이 발견되기까지 꼬박 사흘이라는 시간이 더 걸렸다.

6장
삼진 아웃

1

시간은 장마로 불어난 낙루천의 물살만큼이나 거칠면서
도 강하고 빠르게 흘렀다. 치운의 직접적인 사인은 익사로
판명났다. 차량에 부딪힌 충격으로 기절한 상태에서 물살에
빨려 들어갔기 때문에 오히려 큰 고통은 느끼지 못했을 거
라는 게 부검의의 판단, 혹은 위로였다.

경찰청 지휘부는 치운의 사고 원인을 부족한 현장 인력
대신 모자란 우비 숫자로 단정 지었다. 눈에 띄는 형광색 우
비를 입었다면 운전자가 아무리 전방 주시에 태만했다거나
앞이 잘 보이지 않는 악천후였다고 한들, 치운을 충격할 일
은 없었을 거라는 게 그들의 짧은 결론이었다. 이후 순찰차

에서 보유 중인 우비 숫자에 대한 전수 조사가 재하달 되었고, 가뜩이나 무거운 순찰차 트렁크는 1년에 한 번 쓸까 말까 한 우비가 추가되면서 더 육중해졌다. 고려시대 때 자식을 잃은 여인의 눈물과 함께 치운까지 삼켜버린 낙루천은 언제 그랬냐는 듯 잠잠해졌으나, 물이 남긴 상흔은 오래도록 눅눅할 예정이었다.

파출소에 남은 치운의 짐은 대복이 치웠다. 2년 넘게 2인 1조를 이루며 생활한 통에 치운이 쓰던 물건은 대복이 가장 잘 아는 까닭이었다. 그가 충전한다고 두고 간 휴대폰이며 때가 잔뜩 낀 유선 이어폰, 비뚤어진 성격 때문에 받아주는 부서가 없어 평생을 파출소에서 떠돌아다녀야 했던 경찰 생활을 반증하듯 여기저기 해지고 벨크로가 망가진 외근 조끼, 엉덩이 쪽이 반들반들해진 근무복, 성격과는 달리 고전적으로 반듯한 글씨가 담긴 지역 경찰 수첩 들은 박스 하나에 폭삭 담겼다. 딱 그 정도의 역사였다. 한때 조국이 믿었던 젊은 경찰관은 회사에서 인정받지 못한 세월 동안 점점 다른 포물선을 그리며 스스로의 예상과는 상당히 다른 모습으로 밀려나, 조국이 더 이상 믿지 않는 늙은 경찰관이 되었을 것이다. 그의 결말마저 모든 이의 예상과는 상당히 달랐으리라.

대복이 챙겨놓은 짐은 치운의 딸이 챙기러 왔다. 수년 전

부모님이 이혼한 후 최근에야 다시 아빠와 연락을 트게 됐다는 딸은 장마가 끝나는 대로 함께 밥을 먹기로 했는데 끝끝내 먹지 못하게 되었다며 고개를 떨구었다. 무건이 정열에게 제안해보겠다던 콩나물국밥도 결국 먹지 못하게 된 건 마찬가지였다.

"우리 아빠는…… 회사에서 어떠셨어요?"

하루 종일 유튜브를 본다거나 후배들한테 퉁명스럽고, 신고가 접수되면 짜증 내고, 불친절하게 대하는 탓에 민원이 줄을 이었으며, 음주삼진 채널에 행동이 굼뜬 경찰관으로 박제되었다는 이야기를 누가 할 수 있을까?

"저는 형님과 중앙경찰학교 동기였고 같은 생활실을 썼어요. 학교에서 형은 학생장도 하고 사격이나 운전도 늘 일등이었고, 뭐 하나 빠지는 게 없었습니다. 형을 만나지 못했다면 저도 여기까지 경찰 생활을 못 했을 거예요. 형은 언제나…… 저희들의 본보기였거든요. 형이 기뻐할 때도, 힘들어할 때도요."

무건이 울음을 삼키며 담담하게 뜻을 전했다.

"……형은 최고의 경찰관이었어요."

치운은 이미 죽었고 돌아오지 못할 강을 건넜다. 남은 사람에게 필요한 건 진실보단 거짓된 위로였다.

2

 치운의 영정 사진 앞에 고개를 숙이고 엎드린 정열은 도통 일어나질 못했다. 우는 수준을 넘어, 정열은 아예 그 앞에서 무너져버렸다. 평소엔 좋아하지도 않고 욕만 했으면서 팀장님 왜 저런대? 괜찮은 척 버둥거리던 해랑이 송구의 귀에 대고 볼멘소리처럼 중얼거렸지만 눈물은 파급력이 굉장해서, 결국 모두 울음바다가 되고 말았다. 애초에 송구는 알고 있었다. 한참 전부터 울던 해랑이 눈물을 잠시나마 감추기 위해 그런 소리를 했다는 걸.

 야구에서 사용하는 글러브는 목적에 따라 모양이 달랐다. 어떤 공을 던지는지 들켜선 안 되는 투수는 그물이 막힌 모양의 글러브를 쓴다. 글러브 안에 특정 구종에 대비한 손가락 포지션이 있는지 글러브 밖에서는 볼 수 없도록. 공을 잡고 빠르게 송구해야 하는 내야수는 가장 작은 크기의 글러브를, 넓은 야구장 면적 중 어디에 떨어질지 모르는 장타를 주로 상대해야 하는 외야수는 가장 큰 크기의 글러브를 사용한다. 큰 그물망을 던져야 조금이라도 더 많은 고기가 잡히는 것과 같은 원리다. 투수의 강속구를 직선거리에서 정확히 받아야 하는 포수는 가장 두꺼운 글러브를 착용한다. 일반적인 글러브로 투수의 공을 받으면 손바닥에 상당한 통증이 전해지기 때문이다. 정열은 지금껏 투수용 글러브를 착용한 상태로 살았을지도 모른다. 속에 어떤 사인을 숨기고 있는지 타인은 아무도 알 수 없도록. 자신의 의도를 남이 알아차리지 못하고 헛스윙을 연발하도록. 자신이 던진 공을 맞히는 사람이 곁에 남아 있지 않도록.

그러나 세상일이라는 건 9회말 2아웃에서 벌어질 일보다 더 예상을 뛰어넘기 마련이었다. 근무 시간에 교통사고를 처리하다 사망한 경찰관을 상대로, 다른 기관도 아닌 경찰청에서 치운의 순직을 인정해줄 수 없다는 발표를 했기 때문이다. 무릇 공무원은 자신의 직무를 정당하게 수행하는 도중 사망한 경우 순직 대상이 되는데, 경찰관 본연의 직무인 시민의 생명과 건강 보호를 제대로 해내지 못했기 때문에 치운의 죽음은 순직으로 볼 수 없다는 논리였다. 신속히 출동해 현장 통제를 했더라면 2차 사고도 일어나지 않았을 거고, 치운 본인도 죽지 않았을 거라는 황당한 궤변이었다. 치운의 유족은 경찰청의 결정에 즉각 반발했고 결국 치운은 논쟁의 결론이 날 때까지 대학병원 안치실에 수납되어 차갑게 방치되어야 했다.

"일개 경찰관이 우째 모든 교통사고를 다 막습니꺼! 그게 신이지 경찰입니꺼! 윗사람들이 만든 되도 않는 정책 때문에 현장 인력 뺏기는 건 와 아무도 말 안 합니꺼! 말이나 되는 결정이냐꼬요!"

정열이 분통을 터뜨리며 경찰청 로비에서 고래고래 소리를 질렀지만, 낙루천 다리를 관할하는 우당 파출소에서 장마를 대비해 미리 교통안전 예방 캠페인을 성실히 벌였다면 그날의 사고는 일어나지 않았을 거라는 텅 빈 답변만 돌아올 뿐이었다.

"우찌……. 우찌 이럴 수가 있십니꺼. 우리 경찰관들 다 같은 식구 아입니까. 치운이가 윗대가리들처럼 사건 정보라도 빼돌렸습니꺼? 유치장에 갇힌 고위직 자제들한테 몰래 설렁탕이라도 한 그릇 멕였습니꺼. 길바닥에서…… 그것도 비가 뭣같이 오는 날 일하다가 차에 받혀 죽었십니더. 그런 개죽음을 당했는데 왜, 왜…… 아무도 도와주질 않는 거라예? 세상이, 이 세상이 와 이리 조용하냐고예……."

신고 접수 당시 파출소 내부에서 어떤 일이 있었는지 확인해야겠다며 우당 파출소의 CCTV 영상을 확보하러 온 감찰관에게, 정열은 매달리듯 읍소했다.

"우리 팀에 여경이 둘 있는데 그중 하나가 야구에 홀딱 빠져있거든예. 갸가 언젠가 구원 투수라는 말을 쓰더라고. 그게 무슨 뜻이고? 내가 물어봤지예. 구원 투수라니, 이름이 참 좋다 아입니꺼. 내 머리가 안 좋아가 정확히 기억은 안 나지만 우쨌든 선발 투수를 도와주는 직책이라 하데예. 감찰이 그런 역할을 해줘야 하는 거 아입니까? 우리를 죽일 게 아니라 구원해줘야지예…… 치운이한텐 남은 가족도 있는데…….."

CCTV 분석 결과 신고 접수 직전까지 치운이 이어폰을 꽂고 유튜브를 시청하는 모습이 확인됐다. 경찰청에서는 이를 직무 태만으로 판단했고, 이런 분위기가 신고를 소홀히 처리하는 데 일조했으며 결국 치운의 사고는 스스로 불러낸 인재라는 쪽으로 가닥이 잡혀갔다. 우당 파출소 2팀 전원은 징계위원회에 회부되어 직위 해제 처분을 받았다. 징계 의율이 날 때까지 최소 3개월이 소요될 예정인지라, 우당 파출소는 그 기간 동안 팀 하나가 통째로 사라진 초유의 사태를 맞게 되었다. 2팀이 근무해야 할 날에는 인접한 지역관서에서 적절히 신고를 안배해 함께 처리하기로 결정되면서 업무를 떠안을 처지가 된 경찰관들 사이에서는 불만이 폭주했다. 감찰에서 의도한 대로, 우당 파출소는 동료들의 지지도 얻지 못하게 되었다.

3

"우당 파출소를 없애는 게 맞겠어."

서장 주최 회의에서 빈 그릇 서장은 마치 오늘 점심 메뉴를 고르듯 아무렇지도 않게 말했다. 서장을 필두로 일렬로 앉은 과장들 중 동요하는 사람이 아무도 없는 것으로 보아, 이미 미래가 없는 자리에서 공식적으로 결정된 사안처럼 보였다. 그래도 경찰 선배라는 이들이 가부좌 틀고 앉아 모르쇠로 일관하는 꼴을 보자 미래는 이가 갈렸다.

"없애다뇨?"

"없애는 거 말고 다른 수가 없잖아?"

"파출소 하나 없애는 게 무슨 입간판 철거하듯이 해도 되는 일이 아니잖습니까. 주민들 동의는 받으신 건가요?"

미래의 반응을 예상했다는 듯 비릿하게 웃던 서장은 앞에 놓인 보이차를 홀짝이며 말을 이었다. 저 보이차는 경무과장이 사준 게 분명했다. 경무과장은 잘사는 처갓집을 만나 해외여행이 취미라고 떠벌리고 다녔는데, 얼마 전 입국하기 무섭게 선물 꾸러미를 한아름 안고 서장실에 들어가던 그를 봤다며, 용희가 귓속말치고는 상당히 호들갑스럽게 알려주었다.

"이봐, 탁 소장……. 애초에 자네를 우당 파출소로 발령낼 때도 내가 이런 일을 우려했던 거야. 가뜩이나 좌당동이랑 부당동으로 분열되면서 존폐가 위태로운 파출소였잖아. 그래도 자네 커리어와 평판을 믿고 우당동 주민들을 달랠

수 있을 재목이라 생각해서 보냈는데 이건 뭐…… 완전 불을 지핀 꼴이라고."

"되게 우당동을 위하는 듯 말씀하시네요. 진짜 우당동 주민들을 위한다면 치안 일 번지인 파출소를 없앤다는 게 어불성설 아닙니까?"

미래의 반박에 서장이 입꼬리를 꿈틀거리자, 되려 경비과장이 미래를 질책하고 나섰다. 그는 서장의 공공연한 오른팔로 유명한 인물이었다. 서장의 고등학교 2년 후배라나 뭐라나.

"탁미래 소장! 말이 지나친 거 아닙니까? 애초에 여경이 지역관서장을 한다는 거 자체가 무리였지. 우리 서장님이 파격적인 분이라 그런 특수한 발령을 내리셨으면 탁 소장이 결과로 보답해드려도 시원찮을 판에 이 사달이나 내고……. 앞으로 우리 서에 어떤 여경이 온대도 지역관서장을 맡길 수나 있겠어? 응?"

"글쎄요. 비위 혐의로 날아간 수많은 남자 선배들 이름까지 거론하기엔 오늘 하루를 꼴딱 새도 모자랄 테니 이쯤에서 그만둘게요. 제가 담배를 안 피워서 과장님들 담배 타임에 무슨 말이 오갔는지는 알 수 없지만 어떤 주민 투표도 없이 관공서 하나를 날린다는 결정은 도저히 납득하기 힘드네요. 서울청장님도 이 사실을 아십니까?"

서장은 이죽거리는 표정이 되려는 것을 애써 참으며 청장님이 직접 지시한 사안이라고 말했다.

"지금 서울청 분위기가 어떤지 몰라? 내년 총선 앞두고 청장님 명운이 달린 해야."

"청장님 명운이 어디에 달렸는데요? 정치적 중립을 지켜야 할 공무원이 내년 총선이랑 무슨 관계가 있다고요."

서장은 혀를 끌끌 찼다. 정열도 혀를 자주 찼지만 들어도 별 생각 없었는데, 서장이 하는 건 박자 하나하나 사무치게 기분 나빴다.

"참 순진한 소리 한다. 일부러 그러는 거야, 콘셉트야? 경찰 출신들이 국회의원으로 많이 진출하면 우리한테도 좋은 거지. 하여튼 넓게 봐야 큰 사람이 되는 거라고, 탁 소장님. 사사건건 따지지 말고……."

"사사건건 따지고 드는 건 서장님이 먼저 시작하셨어요. 표적 감찰 붙이셨잖아요. 시시티브이 하나하나 다 분석해서, 팀원들끼리 농담 주고받으며 웃는 모습 가지고 신고 출동에 안일했니 뭐니 소설 쓰시면서요. 지휘관으로서 직원들을 감싸줘도 모자랄 판에, 유치원 주임님이 아직도 안치실에서 벗어나지 못한 판국에 무슨 말씀이십니까!"

분개한 미래가 벌떡 일어나자, 의자가 뒤로 넘어지면서 큰 소리가 났다. 미래는 서서히 고이는 눈물을 쫓아내듯 세차게 고개를 흔들고는 다시 목소리를 다잡았다. 울음에 갈라진 목소리를 들키는 순간 우당 파출소장이 서장 주재 회의에서 울면서 애걸복걸했다는 헛소문이 퍼질 게 뻔했다.

"경찰 출신 국회의원은 지금도 차고 넘칩니다. 단일 기관 중에서는 검사를 제외하고 제일 많을 거예요. 그런데 지금 현실이 어떤가요? 그만큼 경찰의 입장이나 처우가 제대로 반영됐나요? 경찰청장은 아직도 차관급이고 현장 직원들 초과 근무 수당 현실화도 발끝에 못 미치는 마당에……."

"그러는 탁 소장은 뭐 잘한 거 있어요? 우리 서에 우당 파출소 없애달라는 민원만 몇 건이 들어온 줄이나 알고 배짱을 부리려면 부려요. 직원 보호도 못 하는데 주민들을 어떻게 보호할 거야. 그런 부실 관서는 없애고 다른 데 인력이며 예산을 집중하는 게 진짜 우당동 주민들을 위하는 일이지. 탁 소장이 이 자리에 올라와봐요. 그 후미진 파출소 하나가…… 여기선 그렇게 눈엣가시일 수 없거든."

"……그래서 안 가려고요. 그 자리까지."

서장은 한 번 더 보이차를 홀짝였다. 표정에 별다른 동요는 없어 보였다.

"지금은 자기가 정의의 사도처럼 느껴지지? 그런데 객관적으로 봐. 우당 파출소가 다른 데에 비해 검거 실적이 높길 하나, 교통 스티커라도 많이 끊었나, 뭐 하나 보일 만한 실적이 없잖아. 유튜버 하나 제대로 못 구워삶아서 언론에 씹히기나 하고. 애초에 유치원 경위랑 강정열 경감 같은 부적응자들도 있고 말야. 그 두 사람은 원래부터 고쳐서도 못 쓸 인사였다고. 완전 삼진 아웃이라니까."

꼭 쥔 주먹이 파르르 떨려오자, 미래는 오늘 아침 회의에 참석하기 전 용희가 자신에게 해준 이야기를 떠올리려 애썼다. 추스르기 힘든 감정이 밀려들어 올 때면 자신의 발바닥을 볼에 대는 상상을 해보라는 황당한 소리였는데, 용희의 발바닥이 볼에 닿는 느낌을 상상하자 일순간 주먹의 떨림이 멈추었다. 삽시간에 차분해지는 데 성공한 미래는 잠시 숨을 고르고 냉정한 톤으로 말을 이었다.

"검거는 형사나 수사과에서, 교통 스티커는 교통 외근에서 하는 일입니다. 파출소는 112 신고 처리랑 방문 민원 응대만으로도 충분한데요. 설마 서장님이 되셔서 과별 업무 분장을 모르시는 건 아닐 테고……. 아마 서장님 기분을 제일 상하게 한 건 언론에 씹히는 일 같네요."

서장실을 박차고 나가려던 미래가 잠시 멈춰 섰다. 모든 이의 시선이 자신의 등 뒤에 꽂히는 감각이 오롯이 느껴졌다.

"그리고 서장님, 보이차 너무 많이 드시지 마세요. 그거 많이 마시면 불면증 온대요. 아……. 서장님은 괜찮으시겠다. 부하 직원이 그렇게 죽었는데도 발 뻗고 잘 주무시는 분이니."

　서장실 문을 닫으면서 경찰관으로서의 커리어는 여기까지라고, 미래는 생각했다. 이런 끝을 맞이하기 위해 학창시절 내내 죽을 둥 살 둥 공부해서 경찰대학교까지 갔을까. 고작 이러려고? 언젠가부터 점점 경찰이 싫어졌는데, 어디로 발령 나든 행정직 공무원처럼 일하리라 다짐했는데, 이제 와서 보니 자신이 싫어하는 건 경찰관 개개인이 아니라 경찰청이라는 거대한 조직이었다. 송구, 해랑, 대복 같은 빛나는 후배들을 위해서라도 무언가 해야만 했다. 개개인의 힘이 모이면 결국엔 조직을 능가할 것이기에.

4

　커피포트에서 김이 슉슉 새어나오는 모습을 보고 나경이 바삐 일어섰다. 이제 막 끓기 시작하는 포트의 전원을 꺼버린 나경은 미리 준비해둔 잔에 물을 부었다.

　"야, 넌 성격이 그렇게 급해서…… 미지근한 커피는 맛없다니까. 호연이가 누구한테 더러운 성질머리를 물려받았나 했더니 범인은 원나경, 너야."

　미래가 짜증스러운 표정으로 불만을 토로했지만 정작 나

경은 생글거리며 대꾸했다.

"주호연 그 기집애 얘기는 하지도 마. 요즘 뭔 힘든 일이 있는지 땅굴 파고 들어가서는 선배 연락도 씹고 있어. 그리고 듣고 보니 웃긴다? 야, 네 성격이나 좀 죽여. 서장실 완전 뒤집어엎었다며? 네가 지금 그렇게 나와 봐야 도움 될 게 하나도 없다는 거 잘 알잖아. 가만히만 있어도 된다니까 왜 굳이 일을 벌이냐구."

취사 중인 밥솥처럼 규칙적으로 씩씩거리는 미래를 조용히 타이르는 사람은 마운 경찰서 여성청소년계장인 원나경 경감이었다. 두 사람은 경찰대학교에서 동기로 처음 만난 사이였다.

"미래야, 네 성격이 그러니까 멀쩡한 이름 놔두고 탁한 미래라고 불리는 거 아니냐. 너도 사회생활이란 걸 좀 해라. 네 머리가 아무리 좋으면 뭐 해? 승진 시험 만점 받으면 뭐 하냐고. 근무평가 점수가 꽝인데. 시험 승진은 이름만 시험이지, 근무평가 비율이 50퍼센트인 거 알고는 있는 거지? 네가 작년에 근무평가 '우'만 받았어도 애저녁에 경정 달았어, 이것아."

"여기서 무궁화 하나 더 단다고 뭐가 달라져? 거지 같은 건 똑같은데……."

"계급 사회잖아. 계급이 높을수록 억울함도 줄어들지. 솔직히 이런 말 그렇지만, 유치운 경위도 경감이었다면 이런 취급까진 안 받았을 거라고 봐."

미래는 나경의 말에 반박하지 못하고 커피만 홀짝였다. 미지근한 상태에서 제대로 녹지 않고 뭉친 커피 가루가 씁쓸하게 느껴졌다.

"나도 이 조직이 지긋지긋하지만 지휘부에서 이렇게까지 나올 줄은 몰랐다. 어떻게 매번 최악을 갱신할 수 있다니? 내가 바닥이라 생각한 곳에 더 깊은 지하가 있을 줄은……."

"……근데 사무실엔 왜 아무도 없어?"

"내가 다 나가라고 했어. 동기끼리 진지한 대화 좀 걸쭉하게 해야겠으니 자리 좀 비우라고 외쳤지."

"너 그거 갑질이야."

"이걸 믿냐? 오늘 납치 모의 훈련한다고 다 소집돼서 나갔잖아."

나경이 벙찐 미래의 표정을 보고 킬킬거렸다.

"모의 훈련 주제가 납치야? 특이하네……. 보통 보이스 피싱이니까, 보이스 피싱에 왜 여청이 나서나 했더니만."

"요즘 번화가 일대에서 혼자 다니는 여자들 납치하는 일이 종종 있다나 봐. 세상에, 마상에. 21세기에 인신매매가 가당키나 하다니? 부자들은 취미로 우주도 간다는 시대에……. 우리 직업이 이럴 땐 특히 안 좋아. 세상에 어둠이 있으면 빛이 있다는 것도 알아야 희망이라도 품고 살 텐데 우린 줄창 어둠에만 박혀 있잖아. 더 나은 세상이 그려지지 않아."

"그러게……."

"넌 어떡할 셈이야?"

"그만둬야지."

"뭘 그만둬?"

"구질구질한 경찰관 생활 전부를."

"너 그만두면, 우당 파출소는 어떡하고? 용희는? 네 파출소 막내들은? 셋이서 몰려다니는 애들 있다고 귀여워했잖아."

"송구는 뭐…… 야구장이나 다닐 것 같긴 한데……."

미래가 코를 긁적이자 나경은 답답한 듯 커피 잔을 소리 나게 내려놓고는 말했다.

"청장이 나서서 꼬리 자르기를 하고 있잖아! 솔직히 강정열 팀장은 징계를 받을 거라 예상했어. 문무건 경위도 뭐……. 어쨌건 사람이 하나 죽었으니 본보기로 두 명까진 잡는다고 쳐. 그런데 신임 애들까지 괴롭힐 줄은 꿈에도 몰랐다. 이름만 경찰관이지, 아무것도 모르는 애들인데 직위 해제가 말이나 돼? 문제가 생기면 이런 문제를 야기한 윗선을 타박해야지, 맨날 꼬리만 자르면 어떡하냐고. 우리가 도

마뱀이야? 죽일 거면 머리를 잘라야 돼. 꼬리를 소모품처럼 생각하니까 요즘 애들이 다 의원면직해서 나가는 거 아냐! 누가 그런 취급 받으며 일하고 싶겠냐고. 국민들이 우릴 좋아하길 해, 그렇다고 같은 회사 식구끼리 챙겨주길 해. 해병대에서도 이런 각개전투는 안 하겠다야!"

"……너 랩 해도 되겠다."

"탁미래, 너 진짜 나가기로 마음먹었으면 아예 깽판 한번 쳐버려."

의외의 대답에 미래가 나경을 똑바로 바라보았다.

"더럽고 치사한 계급 사회라고만 생각하지 말고, 네가 그 사회를 이용하는 거야. 너나 나나 솔직히 이 판에선 경찰대 출신이라는 것만으로도 쉽게 건드릴 순 없으니까. 서장도 파출소를 없앤다고 했지, 너까지 어떻게 하겠다고는 안 하잖아. 못 하는 거야. 자기도 결국엔 경찰대 출신인데 후배를 축출하겠어?"

"야……. 이 상황에서 뭘 어떻게 해? 난 너처럼 검사 남편이 있는 것도 아니고, 청장이 이미 승인했다잖아. 팀 하나가 통으로 날아가는 게 확정인데 뭘 할 수 있다는 거야? 깽판으로 될 거였으면 내가 진작 테이블 들고 엎었지……."

나경이 남은 커피를 후릅 빨아 마셨다. 대학 시절 어려운 문제를 헤쳐 나갈 답이 보일 때마다 나경의 눈은 음흉하게 빛나곤 했다. 딱 지금 모습처럼.

"아까 서장이 우당동 주민들 걸고 넘어졌다며."

"어……. 주민들 달래지는 못할망정 어쩌고저쩌고 하던데."

"바로 그거야. 넌 칼럼까지 기획하고도, 삼진이한테 그렇게 시달리고도 진짜 권력자가 누군지 모르겠어?"

탁! 소리 나게 커피 잔을 내려놓은 미래의 눈빛도, 나경처럼 빛나기 시작했다.

5

"우리 진짜 어떻게 되는 걸까?"

"너 이제 다른 팀 좀 좋아하면 안 돼? 이 지경이 됐는데도 꼴찌 팀을 좋아해야겠어?"

휴대폰으로 야구 중계를 보며 어깨가 축 늘어진 송구에게 짜증을 쏟아내는 해랑, 그 사이에 갇혀 멍하니 하늘만 보는 대복까지. 총체적으로 암울한 우당 삼총사는 낙루 공원의 벤치에 앉아 강제로 생긴 휴가를 함께 보내고 있었다. 순경이 벌써 직위 해제를 받게 되다니. 물론 송구는 경장이었지만, 어쨌거나 아직 신입에 불과한 세 사람은 자신의 처지를 누구에게도 말하지 못했다. 가족에게도 마찬가지였다. 자식이 경찰관 됐다고 부모님이 주위에 쏜 밥값을 다 갚기도 전에 직위 해제라니. 난처해진 세 사람은 결국 근무 날짜에 맞춰 출근하는 척하며 낙루 공원에서 길 잃은 펭귄처럼 모이기로 했고, 아직까지 그 생활을 반복하고 있었다.

"진짜…… 이러다가 잘리는 거 아니겠지? 조직에서 찍어 누르면 우리가 무슨 수로 버티겠냐고……."

"야, 강송구! 자꾸 그런 소리만 할래? 듣는 사람까지 불안하게!"

"유치운 주임님 말야. 아직도 안치실에 계신대. 살아 계실 때 어쨌든 그래도 같은 나랏밥 먹었던 식구야. 그런데도 부관참시 급으로 잔인하게 구는데 우리라고 뭐 다르겠어? 누가 우릴 지켜주겠냐고……. 다들 몸만 사리는 판국인데."

결국 송구는 해랑까지 침울하게 만드는 데 성공했다. 송구는 여전히 우울한 눈빛으로 대복을 쳐다봤다. 본인이 아무리 힘들어도, 직접 사고 현장을 목격한 대복의 기분을 감히 판단할 순 없었기에 송구는 말을 뱉기 전 여러 번 곱씹었다.

"야, 하대복아. 넌 요즘 어때? ……괜찮아?"

"……."

"야, 하수아비. 내 말 들려?"

"어…… 어?"

대복이 초점 없는 눈빛으로 대답만 겨우 하자, 송구는 한숨을 내쉬며 대화의 상대를 해랑으로 바꾸었다. 아무렴, 지금 대복은 건들지 않는 게 좋을 것 같다는 판단에서다.

"사람은 이래서 착하게 살아야 하는 걸까? 까놓고 말해서 우리 경찰서 사람 중에 유치운 주임님 욕 한 번 안 해본 사람은 없을 텐데……. 그렇게나 다들 기피했는데……. 정작 돌아가시고 나니까 멍해. 살아 계실 때처럼 마음 놓고 욕도 못 하겠어."

"그게 진짜 나쁜 거지……. 제대로 미워하지도 못하게 하는 거. 주임님도 인생 잘 살았다고 하기엔 어려운 분이지만 그렇다고…… 그런 죽음이 정당하다는 건 아니니까. 어떻게 그래."

대화를 나누면 나눌수록 끝도 모르고 추락하는 기분에, 결국 세 사람은 동시에 입을 다물었다. 추석 명절을 앞두고 모두들 들뜬 분위기로 저마다의 명절 계획을 재잘거리며 다니는데 세 사람만 무너진 세상에 아무런 장비도 없이 던져진 것만 같았다. 얼마간 그렇게 죽상을 하고 있었을까, 누군가 대복 앞에 멈춰 섰다.

"저…… 경찰관님 아니세요?"

경찰관이란 말에, 경찰관의 자리에서 직위 해제된 세 명이 동시에 고개를 들었다.

"그때 저 조사하셨던 분 맞으시죠?"

"어……. 그…… 도토리묵, 맞죠?"

"아하하하. 맞아요. 뭉 아니고 묵이요."

자신의 이름을 말하며 밝게 웃는 그는 몇 달 전, 아빠 몰래 끌고 나온 차 위에 사람이 추락하면서 변사 사건에 휘말린 차현묵이었다. 현묵은 자랑스럽게 세 사람에게 휴대폰 배경 화면을 보여주었다. 송구에게 부탁해 얻어 간 지역 경찰 수첩을 촬영한 사진이었다.

"이걸로 잠금 화면 해놓으니까 괜히 게임하고 싶을 때도 참게 되고, 여러 모로 휴대폰 사용 시간이 많이 줄었어요. 성적도 거의 합격권이에요!"

확실히 예전에 만났을 때보다 현묵의 표정은 밝아 보였다. 우당 삼총사에게서 사라진 밝음을 모조리 잡아 장착한 것처럼.

"솔직히 그날 집에 돌아가는 내내 진짜 미친놈처럼 울적하고……. 무엇보다 저한테 로또 사라고 했던 그분 말투가 짜증 났거든요. 그, 왜, 인상 더러운 분 있잖아요. 저는 살면서 듣도 보도 못한 일을 겪어서 경황이 없는데 시큰둥하게 투덜투덜하시니까. 근데 곱씹어볼수록 그분 말이 맞아요. 이미 벌어진 일에 신경 써서 뭐 하겠어요. 제가 앞으로 해야 할 일에 방해만 될 뿐인데요."

현묵은 세 사람의 표정은 보이지도 않는 듯 신이 나서 계속 떠들어댔다.

"그분 계급장 보니까 무궁화 하나던데, 경위님이시죠? 요새 신임 순경들은 좀 독하게 마음 먹으면 후딱 시험 승진해서 팍팍 올라가는 분위기라면서요? 그러면 경위 계급 정도는 저도 십 년 안에……."

아직 수험생 신분이면서 합격 후 커리어 계획까지 줄줄이 읊던 현묵은, 세 사람이 너무도 반응이 없자 그제야 일장 연설을 멈췄다. 대복은 입술에 힘을 꽉 주고 단어 하나하나를 힘주어 말했다. 울지 않으려는 발악 같았다.

"……그분 지금 안 계세요. 돌아가셨어요."

치운이 트럭에 치일 때도, 낙루천에 빠진 뒤 실종되었을 때도, 하류에서 시체로 발견되었을 때도, 치운을 지키지 못했다는 죄목으로 징계위원회에 회부되었을 때도, 직위 해제 처분이 내려졌을 때도, 해랑이 자신에게 아무런 이성적 호감을 느끼지 않는다는 사실을 깨달았을 때도 울지 않았던 대복이 생판 남인 현묵 앞에서 치운의 부재를 고백하며 무너졌다. 치운이 보고 싶은 건 아니었다. 늘 찡그린 인상, 민원인과 싸울 때마다 대복의 마음을 새카맣게 태웠던 무례함, 배울 거 하나 없었던 업무 처리 능력, 몸에서 진동하는 담배 냄새, 해랑이 극도로 혐오했던 때가 잔뜩 낀 이어폰을 다시 마주하고 싶은 마음은 추호도 없었다. 단지, 단지 말이다. 세상에 유치운이라는 사람이 태어나 경찰관이라는 직업을 선택했고 수상한 세월을 거쳐 지리멸렬한 늙은 경찰관이 되었다. 후배에게 우비를 양보하고 비를 맞으며 도로에 서 있던 치운이 그의 눈앞에서 사고를 당했고 어처구니없게 죽었다. 다른 거 다 거두절미하더라도, 산 사람이 어느 날 갑자기 죽었다. 그럼에도 불구하고 세상은 아무것도 달라지지 않았다는 사실이 대복을 미치게 만들었다. 좋든 싫든, 사실 싫었던 순간이 99퍼센트쯤 되었지만 어쨌든 살을 붙이고 같은 공간에서 시간을 공유했던 사람이 순식간에 사라졌다. 그리고 안치실에서 차갑게 식어가는 조장을 위해, 대복이 할 수 있는 일이라곤 아무것도 없었다. 현묵이 대복의 울음을 말리려 애써보았지만 아무런 소용이 없었다. 대복은 그저 속절없이 눈물만 쏟아낼 뿐이었다.

6

자초지종을 들은 현묵은 도무지 한 글자도 믿을 수 없다는 듯 소리 없이 입을 벌렸다 닫기를 반복하며 휴대폰 검색에 몰두했다. 낙루천 다리에서 발생한 사고에 대한 기사를 읽어 내려가는 그의 표정도 곧 우당 삼총사를 닮아갔다. 우는 대복을 달래며 같이 울던 두 사람, 그리고 이유는 모르겠지만 따라 울던 현묵까지, 눈이 벌게진 네 사람은 눈물을 쫓으려 근처 카페에 자리를 잡았다.

"우당동에 살고 있는 거 아니에요? 동네가 떠들썩했는데……. 어떻게 이번 사고를 몰라요. 그것도 경찰 수험생이라는 분이."

송구가 아까보다 힘이 빠진 목소리로 물었다.

"우당동, 생각보다 커요! 그리고 아침 일찍 학원 갔다가 저녁 늦게나 들어오니까 뉴스 볼 시간이 없기도 하고……. 공부한다고 휴대폰 요금제도 제일 적은 거 해놔서 인터넷은 얼마 하지도 못하거든요. 와……. 그나저나 진짜 충격인데요."

"이래도 경찰관이 계속하고 싶어요? 이런 취급을 받는데도? 삼진이 하나에 온 경찰이 휘둘리는 현실인데요."

"……그래도 해야죠. 지금 세 분이 계속하시는 것처럼! 그런데 삼진이가 뭐예요?"

"진짜 인터넷 안 하시나 보네. 유튜브에 음주삼진이라는 채널이 있어요. 거의 뭐, 경찰관들 생매장시키는 채널인데……."

도독거리는 소리를 내며 세게 자판을 누르던 현묵은 무언가를 빠르게 찾기 시작했다. 화면을 슬쩍 보니 음주삼진에 대한 정보를 찾는 것 같았다.

"어……. 잠시만……. 저 이 사람 누군지 아는데? 음주삼진이라고……. 아니, 주 활동 무대가 우리 동네였단 말야?"

"에에? 실제 채널 주인이 누군지 안다고요? 설마…… 친구예요?"

"아뇨. 같은 학원 다니는 형인데?"

"학원이라면……."

"제가 다니는 경찰 학원요! 이 형 완전 장수생인데? 지금 오 년째 공부 중이랬나? 그랬어요."

"이게 무슨 말도 안 되는…… 참수리가 우승한다는 소리야. 그러니까 삼진이가 지금……."

손바닥으로 테이블을 쾅 내려친 건 송구였지만, 벌떡 일어나 의자를 뒤로 넘어뜨린 건 해랑이었다. 미래가 서장실에서 하는 행동을 보고 배우기라도 한 것처럼 큰 소리를 내며 일어난 해랑은 현묵에게 물으면서도, 자신의 귀에 꽂히는 스스로의 목소리를 신뢰할 수 없다는 듯 복잡한 표정을 지었다.

"삼진이가 경찰공무원 준비생이라는 거예요?"

우당 삼총사가 서로의 얼굴을 번갈아 보던 그때, 송구의 휴대폰이 울렸다. 미래에게서 걸려 온 전화였다. 그 전화가

파출소를 구원할 조만간의 미래임을 송구와 해랑은 동시에
눈치챘다. 대복까지 이 사실을 알아차리는 데는 조금 더 많
은 시간이 걸렸다.

7장
퍼펙트게임

1

"그게 무슨 말입니꺼? 기소 의견으로 수사를 할 거라니……!"

화들짝 놀란 정열은 형사과장 앞에서 저도 모르게 소리를 지르고 말았다. 엄청난 발성에 놀란 형사과장은 인상을 찡그렸다.

"아오, 깜짝야. 나이 들면 기력이 좀 쇠한다더만 어째 강 팀장은 갈수록 괄괄해져? 응? 남해에서 어머니가 좋은 거라도 달여 보내주시나 보지? 혼자 먹지 말고 같이 좀 먹자고."

"과장님요, 지금 농담할 때가 아니잖아예. 범인 잡은 형사한테 포상은 안 줄망정 독직폭행이 웬 말입니꺼!"

"그러게 적당히들 했어야!"

농담으로 분위기를 풀어보려다 실패한 형사과장은 곧바로 불편한 심기를 드러냈다.

"어차피 신변 확보된 피의자였어. 얌전히 모셔만 와도 됐을 걸, 수갑까지 채워가지고 이 사달을 만드냐고 그래!"

"지, 지금 뭐라고 하셨습니꺼. 수갑을 와 채웠냐고…… 아니, 내 너무 황당해가 말이 안 나오네. 범인한테 수갑 채웠다고 머라 하시는 겁니꺼? 직속 과장님이?"

"이 사람아!"

"명백히 현행범이었습니더. 현장에 안 계셨던 과장님은 모르시겠지만 금마요, 흥분을 주체 못 해서 고릴라처럼 날뛰던 놈이었으예. 우리 일이 뭐 위험을 미리 알려주고 사고 터지는 거 아니잖아예. 눈 돌아간 놈들이 언제 칼춤 출지 몰라 대기 타는 일상인데……. 제압부터 하는 게 당연한 거 아입니까?"

"당연히 흥분했겠지! 애초에 강 팀장이 피의자 얘기는 들어보지도 않고 체포부터 했다며? 상황 설명 들을 생각도 없이 수갑부터 꺼내니까 상대 입장에서는 황당할 노릇이지! 나 같아도 날뛰겠구만."

"……지금 보니까 과장님은 제 말을 들을 생각이 없으시네예."

정열이 자리에서 스르르 일어났다. 대화를 그만하겠다는 시위였다.

"금마요, 아예 여자를 죽일라꼬 작정한 놈입니더. 얼마나 두들겨 팼으모 안면부가 함몰됐스예. 맞은 여자 얼굴이 팍삭 내려앉았단 말입니더!"

"그만, 그만하게!"

"그뿐입니꺼. 부탄가스까지 터뜨렸습니더, 그놈아가요! 그 집의 창문이란 창문이 가스 폭발 때문에 다 깨졌는데! 그런 놈을 체포하면서 뭐 꽃가마라도 태우란 말씀입니꺼!"

"그 집 창문만 깨진 줄 알아? 내가 서장님한테 불려가서 얼마나 깨진 줄은 알고 얘기하는 거야!"

분을 참지 못한 듯 형사과장도 벌떡 일어나더니 정열의 코앞에 자신의 얼굴을 들이밀고 쩍쩍거리기 시작했다.

"내가 한동 오피스텔에 출동 나갈 땐 꼭 사전에 보고하라고 몇 번이나 강조했어? 조회 시간마다 얘기했지! 우리 관내에서 브이아이피가 살고 있는 몇 안 되는 곳이니까 잘 관리해야 한다고!"

"브이아이피요? 쓰레기 아니고요?"

"이봐, 강 팀장!"

"사나이로 태어나가꼬 얼마나 모지리면 지 좋다 카는 여자 친구나 죽도록 팬단 말입니꺼? 그딴 놈은 브이아이피가 아니라 인간 쓰레기지예! 국회의원 아들이모 다 되는 줄 아십니꺼? 지는 남해 촌 동네에서 올라와가 그런 거 잘 모릅니더. 경찰대에선 사람 새끼인지 아닌지 구별할 때 출신만 보고 하는 법이라도 가르치는 갑네예!"

"듣기 싫으니까 당장 나가!"

과장실에서 쫓겨난 정열은 자신이 속한 형사5팀 사무실로 돌아가려 고개를 돌리다, 팀 막내인 한해원 순경을 복도에서 마주쳤다.

"해워이! 니 어디 가노! 너거 팀장 마중 나왔나? 기특한 놈……."

정열이 부러 유쾌하게 해원을 맞았으나, 그는 인생에 기쁨이라곤 없는 사람처럼 울상이었다.

"아, 팀장님……. 과장님이 호출하셔서요……."

"우리 과장은 할 일도 없나. 바쁜 형사들을 왜 자꾸 이리 가라 저리 오라 카노!"

축 처진 해원의 어깨를 정열이 툭툭 치며 기운을 북돋아 주었으나 제대로 전해지지는 않은 것 같았다.

"니 와 이리 풀이 죽었노."

"과장님한테 무지하게 혼날 것 같아요, 팀장님……."

일주일 전이었다. 살려달라는 비명만 남긴 여자의 신고가 접수된 것은. 상황실에서는 심각한 상황이라고 판단해, 정열이 이끌던 형사5팀을 지역 경찰과 함께 출동시켰다.

위치 추적 결과 값으로 찾아간 오피스텔 내부는 처참했다. 얼굴이 피떡이 된 여자가 쓰러진 상태였고, 그 여자를 죽일 듯 노려보는 남자가 이제는 출동 경찰관을 찢어 삼킬 듯 노려보고 있었다. 남자가 품에 어떤 흉기를 숨기고 있을지 모르는 일촉즉발의 상황에서 현장 진압에 뛰어든 건 누구보다 형사로서의 자존감이 충만했던 해원이었다.

"씨발, 이거 봐! 내가 누군지 알아?"

"예! 잘 압니다. 현행범이라는 거요!"

남자에게 뒷수갑을 채우고 미란다 원칙 고지까지 마친 해원은 득의양양한 표정을 지었다. 정열은 든든한 후배에게 엄지를 날려주면서 생각보다 쉽게 상황을 마무리하는 듯했다. 그 남자의 아버지가 여당 4선 국회의원이라는 게 밝혀지기 전까지는.

현행범으로 체포된 사람은 수사 서류 작업이 마무리되는 대로 유치장으로 연행되는 게 기본 절차였으나, 어쩐지 그는 유치장에 입감되지 않았다. 경찰서에 곧 검은색 양복을 입은 남자 몇 명이 그를 만나러 오더니 해원이 애써서 채운 수갑을 풀고 함께 귀가해버렸다. 무슨 상황이냐고 묻는 해원에게, 윗선에서 시킨 일이라는 말만 돌아왔다.

"체포는 우리가 했는데 풀어주는 건 윗대가리들이 돈 받

고 하고 있으니 평생 짭새 소리나 듣는 거 아입니까! 돈깨나
있다는 놈들한테 개처럼 구는 거 쪽팔리지도 않습니꺼? 언
제까지 이렇게 살 거냐고예!"

정열의 외침에 응답해주는 사람은 아무도 없었다. 촌에서
나고 자라 세상 물정도 모르는 팀장이라는 비난만 외려 메
아리처럼 날아들 뿐이었다.

"씨이팔……. 이러니까 한평생 방망이 신세를 못 벗어나
는 기지……."

욕을 지껄이며 흡연실에 간 정열은, 체포할 때와는 180도
다른 표정으로 서 있는 해원을 발견하고 반갑게 다가갔다.

"야이, 씨! 우리 해워이가 개고생해서 수갑까지 채웠구만
그걸 그리 쏠랑 풀어주냐고! 형사들 체면을 짓밟아도 유분
수지. 으휴!"

정열 식 위로에도 전혀 웃지 못하던 해원은 조용히 담배
에 불을 붙였다. 라이터를 켜는 그의 손이 미세하게 떨렸다.

"팀장님……. 별일 없겠죠?"

"별일은 무슨 별일?"

"신민재 말이에요. 아버지가 4선 국회의원 신충식이라고
하던데……."

"국회의원 아들이모 그런 개짓거리 해도 된다 카드나. 법
위에 있어도 된다 캐? 어? 걱정 하덜덜 말아라. 네 잘못은 하

나두 없다! 니는 해야만 하는 일을 한 기야. 검거 실적으로
특진할 수도 있지. 별일이라면 그기 별일일 끼구만."

그러나 정열의 호언장담과 달리 별일은 가장 안 좋은 쪽
으로 일어났다. 신민재 측에서 대형 법무법인 변호사를 다
섯 명이나 고용하며 경찰 길들이기 작전을 펼친 것이다. 해
원은 추석 보너스를 받기도 전에 법무법인으로부터 날아온
고소장을 받았다. 죄명은 독직폭행. 경찰관이 직권을 남용
해 폭행 또는 가혹 행위를 했다는 주장이었다.

고소가 배당된 경찰서에 자주 출석하면서 해원은 눈에 띄
게 야위어갔다. 계급은 순경이지만 직책은 형사라며 자만하
던 기개도 사라지고, 피의자를 대할 때 당당하던 태도마저
자취를 감추었다. 혹시나 불똥이 튈까 봐 평소 해원과 친하
게 지내던 동료들까지 그와 거리를 두기 시작하면서, 해원
에게 늘어난 건 흡연량과 음주량뿐이었다. 형사과장에 이어
서장 면담까지 마친 날, 술에 취한 해원은 정열의 집 앞으로
찾아왔다.

"야가 여기는 우째 알고 찾아왔노?"

"제가 술 취한 팀장님을 댁까지 모셔드린 게 뭐 하루 이틀
입니까."

해원에게서 술 냄새가 풍겼기에 술을 마셨다는 사실을 알
았지, 말투만 들었을 땐 어느 때보다도 또렷했다. 취기를 빌

려 정열을 찾아왔다기보다는 오히려 술로 정열을 찾아가겠다는 의지를 막아보려 했음에도 실패한 모양새였다.

"팀장님……. 염치없지만 거두절미하고 여쭤볼게요. 혹시, 돈 좀 빌릴 수 있을까요…….."

"돈은 와? 머 하구로?"

"변호사 선임 좀 하려고요. 저도 가만히 당할 수는 없잖습니까."

해원은 그 자리에서 많은 이야기를 꺼냈다. 마치 집 앞까지 당도하는 동안 어떤 대사를 읊어야 할지 수도 없이 대본을 쓰고 외운 베테랑 배우처럼 그의 호흡엔 막힘이 없었다. 형사과장으로부터 신민재 측이 각종 법적 대응을 불사하겠다는 말을 전해 들었다는 이야기, 판례를 찾아보니 범죄자에게 뒷수갑을 채운 게 가혹 행위라고 판결 난 사례가 있더라는 이야기, 신민재에게 폭행당한 피의자는 의식 불명 상태라 현장 진술을 받을 수 없다는 이야기, 신충식에게 얻어먹을 게 많은 경찰서장은 해원을 쳐내기로 결심했다는 항간의 소문들을 줄줄이 읊는 그 모습이 마치 다른 사람에게 벌어진 일을 건조하게 나열하는 것 같았다.

"지금까지 말씀은 안 드렸는데…… 제 이름으로 은행권 대출이 한도까지 다 되어 있는 상태라 새로운 대출을 낼 수가 없습니다. 돈을 구할 길이 없어요. 친구도 가족도 다 변변치 않아서……. 정말 염치 불고하고 팀장님께 여쭤보는 겁니다. 신세를 좀 질 수 있나 하고……. 진짜 죄송합니다."

"순경밖에 안 된 놈이 돈을 어따 땡겨 썼노?"

"어머니가 많이 아프셔요. 아버지 없이 저희 형제 키운다고 고생을 많이 하셔서……. 보험도 하나 못 드셨거든요. 수술대 몇 번 오르셨을 뿐인데 대출이 쌓일 만큼 쌓여버려서……."

"허, 참……."

정열의 고민이 깊어졌다. 8년 밖에 남지 않은 경찰 생활인데 내 집 하나 마련하지 못해서 아직도 월세방을 전전하는 처지다. 누가 누굴 도와준단 말인가? 팀장씩이나 돼서 가끔 팀원들한테 커피를 쏠 때도 아메리카노가 아닌 메뉴를 시킨 놈을 저도 모르게 흘겨보지 않았던가. 하긴, 팀장이 뭐 대수라고. 팀장 직함 달았다고 월급이 오르는 것도 아니고 별도의 수당이 들어오는 것도 아니었다. 신민재 말이 맞았다. 짭새는 한평생 짭새로만 살 팔자인지도 모른다. 새는 새인데 죽기 전까지 날지 못하는 새. 그게 바로 짭새의 운명이라고.

남해의 지지리도 못사는 집에서 태어나 다랭이 마을을 뛰어다니며 바닷가를 호령하는 바람처럼 살았다. 육남매 중 넷째였던 정열에겐 따라야 할 형과 누나, 챙겨야 할 동생들이 숱했지만 밥 한 숟갈 더 먹겠다고 부대끼며 싸우기만 했

다. 다닥다닥 붙어 자는 방 안에서 언제나 혼자가 되고 싶다
는 소망을 간절하게 품었다. 같은 고향에서 나고 자란 인상
좋은 여자와 결혼하겠다는 결심을 한 것도, 사랑보다는 독
립심이 앞선 결정일지도 몰랐다. 마누라가 애를 뱄는데 자
고로 말은 제주로, 사람은 서울로 보내야 하지 않겠냐고 부
모님에게 큰소리치고 올라온 서울이었다. 임신 같은 건 애
초에 하지도 않았다. 그 정도 핑계가 없으면 남해를 떠나지
못했을 거니까. 장가를 갔지만 빌빌거리는 큰형과 고된 시
집살이에 지쳐 볼이 홀쭉해진 큰누나와 밥그릇 뺏길까 눈치
보다 이젠 자기 몫의 학비를 뺏길까 봐 눈치 보는 동생들을
볼 때마다 마음이 퍽퍽해졌다. 한 발자국 나아갈수록 뻘밭
을 뛰는 것처럼 발바닥이, 발목이, 종아리가 땅으로 푹푹 꺼
지는 기분이었다. 마, 이래 된 거 우짜긋노! 정열은 앳된 아
내의 손을 잡고 서울로 향하는 버스에 올랐다. 가방 두 개에
다 들어가는 단출한 살림은 전란의 피난민을 방불케 하는
행색이었다. 어디서 총알이 날아온 건 아니었지만 영영 이
렇게 살 수는 없다는 울림이 그의 뒤통수에 총구를 겨누고
있는 것처럼 내내 공포의 감각을 주었다.

　고등학교만 겨우 마치고 경력이라곤 군필밖에 없는 정열
이 서울에서 할 수 있는 일은 많지 않았다. 애는 낳았냐는 부
모님의 연락에, 산모가 영양분을 제대로 섭취하지 못했는지

3개월쯤 됐을 때 애가 오줌이랑 같이 흘러버렸다고 둘러댔다. 있지도 않은 애를 죽인 죗값으로 젊음을 축내던 1986년, 경찰관을 채용한다는 소식을 들었다. 사지 멀쩡한 성인 남자면 어지간한 바보가 아닌 이상 다 합격하는 시험이니 너도 응시해보라고, 이제 그만 떠돌아다녀야 되지 않겠냐고 당시 서울 살던 친구 놈이 정열을 다독였다. 마, 치아라! 내 보고 순사 방망이나 차고 댕기라꼬? 어깨 위에 올려진 친구 놈의 손아귀가 더럽게 따뜻하고 느끼해서 정열은 거칠게 대꾸했지만, 친구는 시험 과목에 영어가 있긴 해도 '아이 엠 어 보이'만 할 줄 알면 되는 수준이라며 다시 한번 그를 설득했다. 네 와이프 생각도 해야 하지 않겠느냐는 마지막 말에, 정열은 그 길로 헌책방에 달려가 누군가 영어 발음을 한글로 써놓은 책만 골라 사서 달달 외웠다. 바람처럼 달렸던 어린 시절을 겪은 데다가 체구도 좋아서 첫 시험에 무사히 합격할 수 있었다. 드디어 안정적인 직업을 잡았노라, 월급이 적지만 첫술에 배부를 수 있으리, 세월 지나면 공무원 처지도 차차 나아지겠지, 똑똑한 서울 놈이 추천한 직장이니 괜찮을 끼야! 정열과 아내는 이제 진짜 애를 만들어보자며 처음으로 화려한 서울의 밤을 보냈다.

무질서하고 폭력이 난무하던 시절이었다. 모든 것이 너무도 질서정연했지만 이 질서는 힘 있는 자에 의해 만들어진 것이므로, 질서가 바로잡힐수록 외려 무질서한 시국임을 반증하는 것 같았다. 동네에서 막걸리나 얻어 마시며 자전거를 몰고 콧노래를 부르던 게 정열이 주로 하는 일이었다. 싸움이 나면 큰 소리로 말리고, 도둑놈을 보면 자전거 페달을 눈썹 날리게 밟아 쫓아다니고, 콧대 높은 영감들이 뒷짐 지고 나타나면 그 앞에서 고개를 조아리는 일은 시절이 흘러가는 모양에 비하면 코웃음 나게 쉬운 일이었다. 막걸리 순사의 역할을 착실히 수행한 1986년에 순경으로서 받은 첫 월급은 24만 원이었다. 봉투에 현금을 넣어 주는 월급에서, 정열은 4만 원을 똑 떼어 주머니에 넣고는 그렇게 술을 마시며 쏘다녔다. 태어나지도 않은 애부터 죽이고 시작한 서울 생활은 정말로 태어난 아이를 키우기에도 형편이 각박했다. 동네 사람들에게 얻어 마시는 막걸리 한 잔이 그 시절의 정열을 버티게 해주었다. 폭력 앞에 무너지던 자신의 모습이나 부당함에 반박하지 못하고 입을 다물어야 했던 굴욕의 순간들도 그렇게 버텼다. 정열은 '쌔가 빠진다'는 말을 달고 살았다. 몹시 힘들다는 사투리 표현이었는데, 첫째 딸은 무슨 뜻인지도 모르고 아빠가 자주 하는 말이니 여기저기 외치며 다녔다. 서울까지 와놓고 딸내미한테 사투리 가르쳐서 되겠냐는 아내의 타박에도 그냥 웃고 말았다. 하하하. 서울 놈들이 무슨 말을 제일 많이 하는지 아나? 살려달라꼬. 한

번만 봐달라꼬. 그 말을 제일 많이 한다니까. 콧대 높은 서울 놈들도 주먹 앞에선 별수 없는 거거든…….

월급은 만 원 단위로 오르는데 두 딸은 쑥쑥 커갔다. 계급은 봉오리 하나 덧붙이는 데 꼬박 10년씩 걸렸지만 대출금에 '0' 하나 더 붙이는 건 하루면 가능했다. 그렇게 버틴 세월이 고작 한나절인 것 같은데 눈을 감았다 뜨니 아직까지 벗어나지 못한 아파트 복도가 보였다. 그 복도에 서서 처량하게 돈을 필요로 하는 젊은 후배의 모습까지도.

"해원아, 우째 안 되것나. 산 사람은 사는 법이니께. 너무 걱정 말고 내일 날 밝으모 다시 얘기하자. 내도 힘닿는 데까지 도와줄 테니까……. 하늘이 무너져도 사람 하나 솟아날 구멍은 있다 안 캤나."

정열은 호언장담하는 자신의 목소리가 떨리지 않기를, 그래서 더 당겨 쓸 마이너스 통장조차 없어서 전전긍긍하는 자신의 속내를 해원이 결코 알아차리지 못하길 바랐다.

2

무슨 정신으로 병원 복도를 뛰었는지 모르겠다. 팀장님, 얼른 와보셔야겠습니다. 어쩔 줄 모르는 목소리로 걸려 온

새벽의 전화. 와 그라노. 관내에 살인이라도 났나? 하여튼 앞뒤 없는 놈들. 사람 죽이는 것도 시간 좀 봐가면서 해야지. 지들은 찌르고 가면 끝이지만 그거 수습하면서 뺑이 치는 건 형사들인데⋯⋯. 그렇게 투덜거렸던 것 같다. 팀장님, 그게 아니고요. 사람이 죽긴 죽었는데, 그게, 해원이가⋯⋯. 정열은 어둠 속에서 눈만 큼직하게 떴다. 감지도 못하고 그렇게 한참을 있으니 천장이 서서히 내려앉는 기분이 들었다. 해원이가 죽었습니다. 자기가 자기를 죽였어요. 이것도 살인일까요?

새벽에 경찰서를 찾아온 해원이 경찰서장실 문을 부수고 들어간 뒤 무기고에서 몰래 챙긴 권총으로 자신의 머리를 쐈다고 했다. 강정열 팀장님, 한해원 순경의 마지막 행선지가 팀장님 댁으로 확인되는데 무슨 얘길 나눈 겁니까? 그때도 한 순경이 총기를 소지하고 있었나요? 아파트 복도를 비추는 CCTV가 없어서⋯⋯. 조사실에 마주 보고 앉아 자신을 다그치는 감찰관의 목소리가 뻘밭에 어지러이 흩어진 바지락이 숨구멍을 뻐끔거리는 것처럼 어렴풋하게만 들렸다. 환상통을 앓는 것만 같았다.

해원의 장례 절차보다, 경찰서에서 정열의 팀을 해체시키는 속도가 더 빨랐다. 정열이 이끌던 형사5팀은 공중분해 되었고 정열은 묵언 수행의 대가로 모든 징계와 비난의 손가락질을 받아야 했으며 사건은 급하게 마무리되었다. 신민재는 애초에 경찰에 체포된 적도 없던 것처럼 모든 사건 기록에서 자취를 감추었고 신충식 의원은 다음 해 치러진 선거에서 5선에 성공했다. 신민재의 뒤를 봐줬던 경찰서장은 신충식의 당에 공천을 받고 같은 선거에서 초선까지 거머쥐었다. 거물을 잡아 특진할 욕심으로 후배를 사지에 내몰았다는 근거 없는 비방이 정열을 따라다녔지만, 굳이 나서서 해명하진 않았다. 목소리를 보태주지 않는 형사 팀원들에게 섭섭해하지도 않았다. 주먹 앞에서 별수 없는 서울 놈들이라는 걸, 정열은 일찌감치 알고 있었으니까. 무엇보다, 또박또박 따지고 든다 해서 해원이 돌아오지도 못할 테니까.

3

"손님, 일어나세요!"

"으어……?"

깜짝 놀라 눈을 떴을 때, 사장이 잔뜩 뿔이 난 표정으로 정열에게 계산서를 들이밀었다.

"아휴, 술을 많이 마시는 것 같더라니. 이렇게 잠드시면 어떡해요! 얼른 계산하고 댁에 돌아가셔야지."

주위를 둘러보니 대부분의 가게가 천막을 내리고 있었다. 혼자 우당 시장 구석의 포장마차에서 우동에 막걸리를 곁들이다 잠든 모양이었다.

"캬……. 오랜만에 해워이 만났구만. 임마는 뭐 나올 때마다 돈 빌려달라 카노. 마음 아프게……."

비틀거리며 걷던 걸음이 우당 시장을 채 벗어나기도 전에 풀썩 꺾였다. 머스마가 술에 꼴아서 길바닥에 무릎이나 꿇고 앉았다니……. 그 시절 어무이가 보셨다면 곡괭이 들고 쫓아왔을 낀데. 클클거리며 실없는 웃음을 흘리던 정열의 얼굴 앞으로 야윈 손 하나가 불쑥 들어왔다.

"팀장님 아니세요? 어디 편찮으세요?"

한 손에 검은색 봉투를 든 용범이 정열을 걱정스레 바라보았다. 어째 인생이 매번 등 떠밀리다 끝나는 건지. 팀장님이라며 따르던 동료들도 떠나고, 뭐, 가족들 사이에서의 고립은 스스로 자초한 결과라는 걸 알기 때문에 딱히 원망스럽진 않았다. 매상 올려준 가게 주인도 나가라고 등을 떠미는데 손 내밀어주는 건 파출소 단골손님의 아버지라니. 경찰관을 구원하는 건 결국 시민이었다니. 그의 눈에서 별안간 눈물이 후두둑 떨어졌다. 그 오랜 세월을, 하물며 두 명의 후배를 저세상으로 보내고도 나는 왜 여전히 이 모양 이 꼴로 살고 있지? 정열은 빌어먹을 만큼 제자리인 인생이 억울해서 속이 터지다 못해 화산처럼 폭발해 한 줌의 재로 변할 것만 같았다. 할 수만 있다면 그렇게 사라지고만 싶었다.

"아이고오……. 무슨 힘든 일이 있으셨어요? 참 이상하죠. 저도 시장에서 혁우 먹을 거 사고 나가는 길에 불쑥 눈물이 나더니만. 여기 터가 안 좋은가?"

눈물을 벅벅 문질러 닦은 정열이 용범의 손을 잡고 일어섰다. 처음 잡은 거친 손의 온기가 사무치게 따뜻했다.

4

"그럴 수가! 정말입니까? 저는 그런 줄도 모르고……. 파출소에 우편물 갖다 드리러 방문할 때마다 유 주임님 모습이 안 보이시기에 다른 데 발령 났나 싶었어요."

그간의 사정을 들은 용범이 곤혹스러운 표정을 감추지 못했다.

"유치운 경위님은 이래저래 고약한 구석이 있었죠. 하루는 저한테 우체국이 너무 싫다고 하시더라고요."

"황당한 놈……. 갑자기 그럽디까?"

"예. 우편배달부가 그렇게 밉대요. 등기로 이혼 서류 받았을 때의 기억이 계속 난다고 하시면서요."

"허허, 참. 웃긴 자식일세……."

"혼자 담배 피우기 심심하셨는지 어느 날은 한 대 피우라고 주시기도 하고……. 혁우가 냄새에 예민하다 보니 제가 피울 수는 없었지만요. 그나저나…… 알았으면 장례식장에라도 갔을 텐데. 이것 참……."

"아직 장례는 못 치렀십니더."

"네? 사고 난 지 꽤 된 거 아닙니까?"

"경찰청에서 순직 인정을 안 해준다꼬 안 합니까. 유족이 항의하는 의미로 장례 안 치르고 버티고 있는 거지예. 치운이 금마, 추위는 어찌나 타는지. 가을만 되면 비둘기 잠바 입고도 비 맞은 개처럼 발발발 떨어쌌는데……. 그 차가운 안치실에서 지금……. 에효, 말을 맙시더."

침울한 상태로 고개를 박고 걷다 보니 어느새 용범이 사는 우당 주공아파트 앞이었다. 이런 기분으로 집에 갔다간 딸내미한테 수염이 나 까슬한 볼을 부비며 울어버릴 것만 같았지만, 이제는 돌아서야 할 때였다.

"팀장님……. 한편으론 이런 생각도 듭니다."

용범의 쓸쓸한 목소리에 뒤돌아 가려던 정열의 발목이 붙잡혔다.

"저는 남들에게 이런저런 소식을 전해주는 우편배달부죠. 제가 배달하는 우편 중에는 유 경위님에게 도착한 이혼 서류처럼 반가운 소식만 있는 건 아닙니다. 세금을 더 내라는 국세청의 통보부터 과태료 고지서도 있고요. 보통 그런 걸 전달하면 받는 분들은 경위님처럼 저한테 화를 내곤 해요. 제가 징수한 것도 아닌데, 하하하."

"참……. 고생 많으십니다."

"그런 일을 겪으면서 생각을 해봤습니다. 정작 내가 기다리는 소식은 뭘까. 어떻게 들리실지 모르겠지만, 팀장님……. 제가 가장 기다리는 소식은 혁우가 저보다 일찍 죽었다는 소식일지도 모릅니다."

"예?"

용범은 햇볕에 검게 탄 손으로 주름이 깊게 팬 이마를 쓰다듬었다. 손과 이마의 피부가 모두 거칠어서, 쓰다듬는 것만으로도 마찰음이 들렸다.

"우리 혁우는 이탈 행동이 무척 심한 아이입니다. 같은 자폐 스펙트럼을 앓는 친구들 중에서도 유독 심한 편이라 선생님, 활동 보조사님 모두 힘들어하세요. 언제 튀어나갈지 모르니까. 덩치는 좀 큽니까? 갑자기 사라졌다가 우당 파출소 경찰관 분들한테 잡혀 오거나, 느닷없이 혼자 집까지 돌아오거나 하는 일을 평생 반복하고 있습니다. 혁우가 사라진 걸 알 때마다 저도 모르게 기도를 합니다. 이번에는 얘가 돌아오지 않기를……. 그런 인면수심인 기도를요."

용범은 뒤에 붙일 단어를 신중히 고르는 듯 몇 번의 한숨을 내쉬었다.

"나아지지 않는 자식을 한평생 조마조마한 마음으로…… 벌써 힘이 다 빠져버린 이 몸뚱이로 죽는 날까지 돌보는 것보다…… 불의의 사고로 세상을 떠난 자식을 추모하는 게 더 낫다는 생각이 들었어요. 솔직히 요즘도 진심으로 힘들어요. 이 년만 지나면 혁우도 성인인데, 그때는 받아줄 학교나 시설이 아예 없거든요. 성인 대상 시설이 현저히 부족하다 보니……. 어떻게 해야 할까, 앞이 보이지 않아요. 그래서 저는 속으로 우당 파출소 경찰관분들을 많이 원망했었습니다. 혁우를 집으로 돌아오게 만든 일등 공신 아닙니까."

용범은 잰걸음으로 다가오더니 정열의 손을 다시 한번 꼭 잡았다.

"제가 아직 세상 다 산 것도 아니고 쥐뿔 가진 것도 없지만요, 요 모양 요 꼴로 살다 보니까요, 아무리 기다려도 반가운 소식은 오지 않을 때가 훨씬 많더라고요."

"……."

"그래도…… 계속 살아야죠. 제가 우당 우체국에 근무하는 한 팀장님이 기다리는 소식, 꼭 가져다드릴 수 있도록 할 테니까요. 거기엔 좋은 동료들도 많잖습니까. 소장님도 좋으시고 젊은 직원들도 착하고요."

"하하……. 예. 요즘 순경들 같진 않지예."

"우당동엔 우당 파출소가 꼭 필요합니다. 아니면 우리 혁우는 누가 찾아주겠습니까?"

정열도 용범의 손을 맞잡고 미소를 지어 보였다. 금붕어 꼬리처럼 휘어지는 눈가 주름 끝에 달린 눈물을 삼키며. 우당동 주민들에겐 우당 파출소가 꼭 필요하다는 용범의 말을 모든 팀원들에게 꼭 전해주고 싶었다.

5

정확히 일주일 뒤, 음주삼진 채널에서는 '퍼펙트게임'이라는 제목의 실시간 소통 방송을 예고했다. 어느덧 구독자가 100만 명에 육박할 동안 얼굴을 공개한 적 없는 삼진이였기에, 많은 사람들이 그의 생방송을 기다렸다. 생방송까지 예고하다니 얼마나 자극적인 콘텐츠가 준비되었을지 기대하면서. 그러나 약속된 시간에 켜진 카메라가 비춘 건 앳된 인상에 비해 만만하지 않은 느낌을 풍기는 여자였다. 삼진이의 실체가 여자였냐고, 그동안 노출된 남자 목소리는 누구였냐며 채팅창이 술렁이던 때 의문의 여자가 연설을 시작하듯 다소 어색한 말투로 포문을 열었다.

"안녕하십니까. 저는 우당동의 우당 파출소장인 탁미래 경감입니다. 저희 우당 파출소의 입장을, 과연 우당동을 대표한다고 할 수 있는 이 채널을 통해 전해드리려고 합니다. 오늘 생방송을 통해 제가 이루고 싶은 목표는 딱 하나입니다."

미래가 앞에 놓인 대본을 한번 만지작거리고는 결심을 끝낸 눈빛으로 말을 이었다.

"야구에는 퍼펙트게임이란 용어가 있는데요. 투수 한 명이 경기 내내 단 한 명의 주자도 내보내지 않는 걸 뜻합니다. 저는 기꺼이 마운드 위에 서기로 했습니다. 제 목표는 우당 파출소의 팀원들, 특히 2팀원들 중 단 한 명도 강제 전출되는 일이 없도록 지키는 것입니다. 지역관서장으로서 당연히 해야만 하는 일이고요. 그 누구도 내보내지 않을 겁니다. 그러기 위해서 여러분의 도움을 구하고자 이 자리에 섰습니다."

카메라 밖에서 미래의 모습을 지켜보던 해랑이 송구의 옆구리를 쿡 찔렀다.

"저 대목은 네가 썼지?"

"응. 어때?"

"처음으로 마음에 드네. 이때까지 했던 야구 이야기 중에서 제일."

송구가 활짝 웃었다.

1

용희는 지하 창고를 플래시로 비추며 바쁘게 돌아다녔지만 멀쩡한 박스는 하나도 보이지 않았다. 그나마 건졌다고 생각한 박스도 막상 꺼내보면 어디서 누수가 발생했는지 귀퉁이가 젖은 채 너덜거리거나, 젖은 상태로 제대로 마르지 않아 곰팡이가 넓게 번져 있었다. 갑작스레 전기도 끊긴 걸 보면 보이는 것보다 누수 진행 속도가 훨씬 심각한지도 몰랐다.

"정말 지긋지긋하네……."

남편의 외도로 모든 걸 잃은 여자 주인공이 0원이 되어버린 통장 잔고를 보며 중얼거리던 대사가 용희의 입에서 툭

튀어나왔다. 출근길 지하철에서 본 드라마 장면이었다. 복수를 결심한 여자가 눈을 번뜩일 때쯤 급히 내려 출근했었다.

"관리반장님! 경무계에서 전화 왔습니다."

계단 위에서 자신을 호출하는 대복의 목소리가 들렸다. 결국 용희는 지하를 날아다니던 먼지만 마신 채 목적을 달성하지 못하고 창고를 빠져나왔다.

"아따…… 이기 언제 적 장비고? 이딴 걸 보급품이라고 잘도 나눠주던 시절이 있었느니라."

"와, 팀장님……. 그건 파출소에 있을 게 아니라 경찰박물관에 기증하셔야 되는 거 아니에요?"

정열과 송구의 웃음기 섞인 대화를 가로질러 자리에 앉은 용희는 얼른 수화기를 집어 들었다. 출근길에 봤던 드라마 주인공의 직업이 비서였던 탓에, 수화기를 집어든 손가락의 각도가 저도 모르게 우아해졌다.

"아무리 그래도 갑자기 중앙경찰학교 지도관이라니……. 충주에 아무런 연고도 없으시잖습니까?"

"물 좋고 공기 좋은 데 보내주는 것만으로도 어디예요. 유치장 발령보단 나아요. 유치장은 저까지 갇히는 느낌이 들어서 영……. 근무할 때 휴대폰도 반납해야 되고. 고등학생으로 돌아간 것 같다구요."

무건의 염려스러운 질문에 미래가 별일 아니라는 듯 시원스레 대답했다.

"형! 형은 왜 이 누나만 따라다녀요? 키 작은 경찰 누나하고는 안 놀아요?"

"뭐? 오, 오해야! 따라다니다니 누가!"

"형은 맨날 키 큰 누나하고만 놀아. 왕따는 나쁜 건데! 키 작은 누나 왕따시키지 마요!"

해랑을 졸졸 따라다니던 대복의 모습이 축구 삼총사에게 포착된 모양이었다. 해랑은 싱거운 웃음을 터뜨렸고, 대복은 발개진 볼이 터질 듯 부풀어 올랐다.

치운이 없다는 점만 제외하면 별다를 것 없는 우당 파출소의 풍경이었으나, 미래의 음주삼진 채널을 이용한 기습 라이브 방송 이후 이들을 둘러싼 세상은 천지개벽 수준으로 바뀌었다.

2

미래는 우당 삼총사와 함께 머리를 맞대고 쓴 대본을 차분하게 읽어갔다. 그 속엔 우당 파출소 직원들조차 제대로 알지 못했던 내용이 가득 담겨 있었다. 우선 미래는 서장실에서 있었던 회의 내용의 녹취본을 공개했다. 빈 그릇 서장과 서울경찰청장이 주민 평계를 대며 우당 파출소를 없애려 하지만 정작 우당동 주민들의 의견은 다르다며 정면으로 반박한 것이다. 이번 반박 자료를 만들면서 미래는 많은 주민들의 도움을 받았다. 의민을 포함한 축구 삼총사, 주취 상태로 길바닥을 뒹굴던 수현, 칼럼을 쓰도록 도와주었던 지안, 언젠가 화장실을 빌려 쓰다가 변기를 막히게 하고 도망갔던 사람, 대복에게 변비에 대한 상담을 요청했던 할아버지까지. 우당 파출소를 거쳐 간 모든 이들 중 누구 하나 사소하지 않았고 소중하지 않은 사람이 없었다.

"영상으로 공감 이끌어내고 눈물 쏙 빠지게 하는 건 제 전문이거든요. 저만 믿으세요! 제가 '여기서 울어!' 하고 만든 부분에서 울음 참을 수 있는 사람은 없을걸요?"

갑자기 연락해 인터뷰를 요청하는 게 기분 나쁠 수도 있는데, 수현은 오히려 흔쾌히 도와주겠다며 팔을 걷어붙였다. 수현은 유명한 광고 회사에서 영상 제작과 특수 효과를 담당하는 실무자였다. 이 은혜를 어떻게 갚느냐는 말에, 술이나 한잔 사라며 해랑의 불안을 달래주었다.

"다른 데서 공 차면 어른들이 하지 말라고 소리 지르는데 경찰 누나랑 아저씨들은 뭐라고 안 해요! 그래서 맨날 우당 파출소에 가는 거예요."

의민을 필두로 한 축구 삼총사들은 신나는 경험이라도 되는 양, 카메라를 1초라도 더 차지하기 위해 서로를 밀치며 몸싸움을 벌였다.

"아이고오……. 와이프는 요양원에 있고, 자식들은 먹고 살기 바쁘다고 전화도 잘 안 되고오……. 내가 물어볼 데가 어딨어? 근데 전화 받은 총각이 어찌나 싹싹한지……."

변비에 시달리던 할아버지는 진심으로 대복의 해결책이 마음에 들었는지, 그 뒤로 시간만 나면 우당 시장에서 파는 옛날 과자를 사들고 파출소에 들러 대복을 찾았다. 건실한 총각에게 도움만 된다면 뭐든 하겠다며 인터뷰 요청도 한달음에 응해주었다.

"아! 좌! 조아!"

손을 꼭 잡은 용범과 혁우 부자도 인터뷰에 등장했다. 용범은 정열에게 고백하던 그대로 담담히 속내를 털어놓았다. 혁우가 너무 힘들게 할 때면 아들이지만 포기하고 싶었다는 것, 그럴 때마다 귀신같이 우당 파출소 경찰관들이 집 나간 혁우를 찾아 데리고 온 것, 그러면 안 되지만 업무를 너무 열심히 하는 경찰관을 미워하기도 했다는 것, 그럼에도 불구하고 그들이 있었기에 불행한 와중에 행복한 가정이 지속되고 있다는 것까지. 혁우는 전에 없이 해맑은 미소로 정열이 사준 아이스크림을 먹으며 카메라를 향해 큰 손을 붕붕 흔들어 보였다.

주민 인터뷰 영상에서 가장 마지막에 등장한 사람은 모두의 예상을 깨고, 불의의 사고 이후 홀연히 사라졌던 재상이었다. 사고 이후 몇 번이나 자살 기도를 했으나 매번 신고를 받고 출동한 경찰관에 의해 무산되다가 은둔형 외톨이로 살았다고 했다. 그러다 마지막으로 투신할 결심을 하고 나갔다가 자신의 팬이라는 경찰관을 만나 마음을 돌렸다며, 다시 야구 선수가 되진 못해도 사람들 앞에서 할 수 있는 일을 찾아 건강한 사회의 구성원이 되겠다는 소회를 밝혔다. 어머니 앞에서 제대로 다시 살겠다고 다짐한 후 처음 잡은 일정이 우당 파출소를 구원하는 영상을 찍는 것이라고, 구원투수가 되지 못했던 선수 생활의 이력을 갱신하고 싶다 말했다.

영상 공개 이후 한 여자가 파출소로 찾아와 미래와의 면담을 요구했다. 알고 보니 그는 과거 신민재에게 교제 폭력을 당한 정민하였다. 안면부 함몰이라는 큰 부상을 입고 한 달 가까이 의식불명에 빠졌다가 기적적으로 살아났다고 했다. 하루는 자신의 병원으로 정열이 찾아와 신민재에 대한 수사가 미진할 수밖에 없었던 이유를 실토하며 경찰관을 대표해 무릎을 꿇고 사죄했다고, 미래로서는 놀랄 만한 이야기를 찬찬히 들려주었다. 신민재의 집안을 모르는 바 아니었기에 충분히 예상한 결과였다고, 그래도 세상에 믿을 만한 경찰이 한 명은 있어줘서 다행이라며 당시 정열의 손을 잡아주었던 민하는 현재 대형 로펌에 소속된 변호사였다. 민하는 이번 우당 파출소의 고백을 듣고 법률적인 도움이 필요하다면 언제든지 연락 달라는 말과 함께 자신의 명함을 남기고 파출소를 떠났다. 후에 미래로부터 이 소식을 전해 들은 정열의 표정을, 미래는 보지 못했다. 정열의 성격상 우는 모습을 들키는 걸 죽도록 싫어할 것 같았기에, 혼자만의 시간을 주고 돌아섰기 때문이었다. 얼마 후 다시 파출소로 들어온 정열의 눈가는 무궁화 꽃잎처럼 붉었다.

　유명 유튜버의 채널을 이용해 생방송으로 우당 파출소를 둘러싼 정치적인 사실과 관련자들의 속내를 밝힌 미래의 결단은 민하의 등장 이외에도 엄청난 파장을 불러일으켰다. 연예 면이건 정치 면이건 스포츠 면이건, 연일 우당 파출소와 관련된 뉴스로 나라가 들썩였다. 우당 파출소의 일상을 다룬 칼럼의 조회 수가 급상승했다며 지안이 신나서 연락을 하기도 했다. 사람들의 관심은 현재의 우당 파출소에서 그 전부터 곪아 있던 해원의 자살 사건까지 이어졌다. 덕분에 현행범으로 체포된 아들을 빼내기 위해 신충식 의원이 벌인 만행부터 부패한 경찰 지휘부의 행태까지 실시간으로 재조명됐다. 이것도 훗날 밝혀진 사실이지만, 정열은 해원의 죽음 이후 아무도 몰래 그의 가족들에게 얼마간의 생활비를 주며 후원을 하고 있었다. 해원의 사건도 공수처에서 재조사하기로 결정되었고, 업무 스트레스와 정치적 압박에 못 이긴 한해원 순경의 죽음은 국가를 위한 죽음으로 인정되어 순직 처리 되었다. 오랜 고통을 거슬러 끝에서 만나게 된 해원과 치운을 위해 합동 영결식이 치러졌다. 두 사람의 팀장이었던 정열이 영결식에서 추도사를 맡았다.

"안녕하십니꺼. 다들 저 아시지예? 제가 그 유명한 머라카노 팀장입니더."

그간의 마음고생으로 부쩍 늙어버린 정열은 흰머리가 늘었다.

"캄캄한 순찰차 안에서 밖을 바라보면 세상이 억수로 잘 보입니더. 민낯 그대로 보이지예. 안이 밝을수록 밖이 안 보이고, 안이 어두울수록 밖이 잘 보이는 법이니까예. 그런 인생을 삼십 년 넘게 살았십니더. 경찰이라는 죄 많은 직업을 선택해가 늘 깜깜한 어둠 아래에서…… 남의 실체만 좇아댕기는 비겁자처럼예."

영결식에는 경찰 관계자뿐만 아니라 우당동 시민도 참석할 수 있어서 내부는 만원이었다. 일부 경찰관들은 삼진이가 등장해 영결식 현장까지 생방송으로 내보내지 않을까 걱정했지만, 그는 그 정도로 인간이길 포기한 작자는 아니었다. 경찰관의 고통을 발판 삼아 채널을 성장시키긴 했어도 결국 그 채널로 경찰관을 구원하는 데 도움을 보탰으니, 아이러니한 일이었다.

미래는 진작 삼진이의 정체를 알고 있었다고 우당 삼총사에게 털어놓았다. 경찰대 출신의 젊은 경감 아닌가. 승진에 부적합한 성격 탓에 경감에 머무르고 있을 뿐, 동기들까지 그와 같진 않아서 경찰 지휘부에 미래의 지인이 다수 분포해 있었다. 유튜버 한 명의 정체를 알아내는 것쯤은 합법적인 범위 내에서 얼마든지 가능했다고 미래가 차분히 설명했지만, 우당 삼총사는 어떻게 그런 일이 가능한지 여전히 의문이었다. 어쨌거나 우당 파출소의 생존이 위협받을 때 삼진이의 정체를 회생 카드로 쓰려고 벼르고 있었는데, 전혀 예상치 못한 방향으로 일이 흘러가버리자 결국 미래는 삼진이에게 겨누었던 총구를 경찰 지휘부로 튼 것이었다.

온몸이 문신이라거나, 굉장한 거구라거나, 예상을 깨고 여자일 수도 있다거나 하는 각종 소문과 달리 실제 삼진이는 지극히 평범한 수험생에 불과했다. 구독자가 100만 명인 채널을 가진 자면 경찰관 같은 건 구미도 당기지 않을 만큼 수익이 두둑할 텐데, 삼진이는 그 돈으로 많은 편집자를 고용한 뒤 하루의 대부분을 공부에 투자했다. 이 부분에서 미래는 간파한 것이다. 애는 정말로 경찰관이 되고 싶구나. 수험 생활이 길어지면서 비뚤어진 마음이 경찰관을 향한 열등

감으로 이어졌구나. 미래와 우당 삼총사가 삼진이를 찾아갔을 때도 그는 정체를 들켰으니 이제 경찰공무원 시험에 응시하지 못하는 건 아닌가에 대한 걱정을 가장 많이 토로했다. 상대의 약점을 알고 있었으니 협상은 쉬웠다. 협상인지 협박인지는 불분명했지만, 문제 될 건 아니었다. 게다가, 삼진이도 치운의 죽음에 대한 부채감을 갖고 있는 상태였다. 자신의 신고로 우당 파출소의 인력이 분산되면서 사고의 가능성이 높아진 건 사실이니까. 별다른 압박을 하지 않았건만 삼진이는 순순히 미래의 요구를 수용했다.

"교통사고에서는 가해자와 피해자를 명확히 알기 어렵지예. 보통은 비율로 계산한다 아입니꺼. 몇 프로의 과실이 있지만 상대보단 비율이 낮으니 당신이 피해자라꼬 딱 찝어주지예. 경찰관 운명이 그런 것 같습니더. 51 대 49의 삶이랄까예. 늘 그 2퍼센트 사이를 왔다 갔다 하느라 정신이 없었네예. 치운이도 해원이도 다 그랬십니더. 경찰관들은 교도소 담장을 걷는 일이라꼬들 합디더. 바람에 자빠질새라 위태롭게 걷다가, 조금만 센 바람이 불면 고마 담장 안에 떨어져 갇힌다지예. 그 불쌍한 아들도 제대로 걷기 힘든 바람이 한번 불었을 뿐이라고, 그렇게 너그럽게 봐주이소. 그리고 거리에 남은 우리 후배 경찰관들도…… 어여쁘게 봐주이소. 머라카노 팀장이 나와서 지금 머라 카냐고 하시는 분들도 계시겠지만……. 이게 제 마지막 바람입니더. 후배들을 교도소 담장으로 떨어뜨리는 거 말고, 앞으로 잘 나가도록 뒤에서 밀어주는 그런 바람예."

3

우당 파출소의 직원들을 한 명도 내보낼 수 없다며 퍼펙트게임을 주창한 미래의 계획은 보기 좋게 실패했다. 미래 자신부터 우당 파출소장직을 떠나 중앙경찰학교 교육생 지도관으로 강제 발령이 났다. 사실상 좌천이나 다름없었다. 미래의 소식을 들은 나경은 중앙경찰학교 교무부장에 재직 중인 선배를 쫓아가 지도관장이라는 있지도 않은 자리를 만들어냈지만, 이러쿵저러쿵 소문에 시달리진 않았다. 나경의 남편이 검사라는 실로 간단한 문장만으로 아주 많은 부조리가 해결되는 게 현실이었다.

"충주 내려가는 거 남편이 뭐라 안 해?"

"야, 밖에선 영감님이지만 집에선 내가 더 쎄. 애 없을 때 좀 더 즐겨야지. 가면 너도 있고 호연이도 있을 텐데 그 재미난 파티에 내가 어떻게 빠져?"

나경이 새초롬하게 커피를 마시며 대꾸했다. 미래는 영감처럼 소탈하게 웃고 말았다.

"너 없었으면 나 진짜 경찰 생활 끝날 뻔했다."

"그니까! 너도 나한테 고마우면 이제 속 좀 그만 썩여라."

정열은 영결식 이후 명예퇴직을 신청했다. 고향인 남해로 돌아가 부모님의 굴 양식을 이어받을 거라는 포부였지만, 서울 생활에 지친 것 같기도 했다.

"마누라가 자꾸 고향 바다 냄새 맡고 싶다꼬 안 하나."

"팀장님 자녀들은요?"

"그만큼 키웠음 됐지! 즈그들 알아서 크라 해라!"

정열의 퇴장은 어느 정도 예상했지만, 무건까지 함께 명예퇴직을 신청하면서 많은 사람이 놀랐다. 가장 놀란 사람은 송구였다.

"이럴 수가…… 주임님이 나가시면 경찰청의 오타니는요?"

"자유계약 선수 되는 거지."

깔끔하게 이발한 머리를 긁적이며 무건이 개구쟁이처럼 웃었다.

"마! 니는 마누라도 없는 놈이 뭔 명퇴고! 직장이라도 번듯하게 있어야 지나가는 여자라도 잡지!"

정열은 배고픈 코뿔소처럼 씩씩거리며 무건을 만류했으나 그는 웃기만 할 뿐이었다. 무건의 진짜 꿈은 배우라고 했다. 중년 배우로 단역부터 차근차근 시작할 거라며, 경찰청의 오타니는 그답지 않게 떨리는 목소리로 소박한 은퇴 계획을 밝혔다.

우당 파출소를 없애겠다는 가진 자들의 계획은 모두 수포로 돌아갔다. 관공서의 위치를 편법으로 옮기기 위해 부동산업자가 경찰 지휘부와 물밑 작업을 벌인 사실이 드러나며, 그들에게 뇌물을 받은 대가로 서울경찰청장과 빈 그릇 서장까지 줄줄이 소환되었다. 음주삼진 채널로 충분히 여론이 좋지 않은 데다가 노이즈 마케팅까지 없어 우당 파출소를 완전히 폭파시키려던 그들의 계획은 사라지고, 노후한 파출소 환경을 개선해야 한다는 긍정 여론이 급물살을 타면서 우당 파출소는 대대적인 수리를 앞두게 되었다. 하지만 이제 나아갈 길만 남은 우당 파출소는 아주 황당한 이유로 폭파될 뻔한 일을 겪는다. 정열이 자신의 첫 수확물이라며 굴을 한가득 보내준 게 화근이었다. 저녁거리로 다 함께 굴을 삶아 먹은 경찰관들이 단체로 노로 바이러스 증상을 보인 것이다. 기어코 팀 하나를 통째로 날리는 데 성공한, 은퇴한 노경 정열에게 누가 돌을 던지겠는가.

새로 부임한 마운 경찰서장은 총체적으로 어수선한 경찰서 분위기를 쇄신하기 위해 장기자랑이라는 구닥다리 유물을 꺼내들었다. 형식상으로는 분위기 쇄신이 목적이었지만 실제로는 자신의 색소폰 실력을 뽐내고 싶어서 그런 거라는 경무계 직원의 볼멘소리가 들려왔다.

4

"큰 박수로 환호해주십시오!"

함성이 쩌렁쩌렁하게 울리는 이곳은 참수리 피어스 팀의 홈 경기장. 관중석에 앉은 사람들과 더그아웃에 있는 선수들까지, 모두 기립한 채 단 한 사람을 기다리고 있었다. 참수리 피어스 팀의 진정한 영웅이었으며 이제는 우당 파출소를 구원하는 데 힘을 보탠 한재상을.

"오늘의 시구자는 한재상 선수입니다! 아아……. 정확히 십 년 전 마지막 경기에서 사용했던 글러브를 그대로 끼고 왔습니다!"

영상에 출연한 이후 재상의 근황이 화두에 오르면서 그는 선수 시절보다 바쁜 나날을 보내게 되었다. 우당 삼총사는 재상을 세상 밖으로 유도한 공로로 특별히 초대권을 받아 재상의 어머니 영란과 함께 경기장에 방문했다. 영란은 아들이 다시 마운드에 오르는 모습을 한순간도 놓치지 않으려는 듯 눈도 깜빡이지 않은 채 울먹거렸다. 재상이 선수 시절 사용한 91번은 은퇴 후 10년 만에 영구 결번으로 지정되었다. 이 또한 이례적인 일이었다.

"우리도 근무복에 각자 정한 숫자가 박혀 있으면 어떨까?"

"번호 불러줄 팬이 있는 것도 아니고…… 주취자한테 시비나 안 붙으면 다행일걸."

대복의 해맑은 질문에 해랑이 고개를 젓자, 그는 급속도로 목소리가 작아졌다.

"하긴. 거기 팔 번 짭새, 꺼지라고! 이런 말이나 듣겠네."

"무건 주임님 말야. 이번에 촬영한 영화에 오 초 동안 나오신대. 야간 근무 끝나고 조조로 보러 가자. 크레딧에 혹시 이름 나올지도 모르잖아."

반면 송구의 제안에는 해랑이 환한 미소로 화답했다. 대복은 그런 해랑의 모습을 보며 입술을 미약하게 삐죽거렸다.

"저번엔 사 초더니 이번엔 오 초나 나오셔? 승승장구하시네. 조만간 칸 영화제라도 가시는 거 아냐?"

"그러게. 경찰청의 오타니에서 이젠 칸의 오타니구나."

"아, 참……. 어제 현묵이한테 연락 왔어. 최종 합격했다고, 중앙경찰학교 가기 전에 술이나 한잔하자네."

"그래? 그럼 수현이도 부를까? 술 먹자고 난리야."

"걔는 좀 위험해. 취했다가 또 쓰러지면, 어후……. 감당

할 자신 없다."

우당 삼총사는 시시콜콜한 농담을 나누며 재상이 온 마음
을 다해 직구를 던지는 걸 똑똑히 보았다. 그가 던진 공의 구
종이 너클볼이든 직구든 슬라이더든 크게 중요하지 않았다.
무엇보다 잊지 말아야 할 것은 결국 그의 공이 깔끔한 곡선
을 그리며 포수의 글러브로 향했듯, 모두에게 그렇듯, 이들
의 삶만큼은 계속될 거란 사실이었다.

작가의 말

　이 책을 쓰는 3년간 가장 많이 한 생각은 경찰관 출신이 경찰관을 소재로 소설 쓰는 거, 너무 뻔하지 않느냐는 거였다. 이 질문을 입 밖으로도 상당히 자주 뱉고 다녔다. 친구든 동료 작가든 누구든 마주 보고 앉기만 하면 경찰관 출신이 경찰 소설 쓰는 거 어떻게 생각하느냐고, 너무 뻔하지 않느냐고 묻곤 했다. 행여 그중 한 명이라도 해가 동쪽에서 뜨는 것만큼 뻔하다고 대답했으면 어쩌려고 그랬나 싶다. 그렇다고 그만둘 자신도 없었으면서. 돌이켜보니 완전 진상이었다.

　사실 지금도 이 생각은 유효하다. 이상하게 의사 출신이 메디컬 드라마를, 법조인 출신이 법정 드라마를 쓴다고 하면 대단하다고 감탄하면서도 경찰관 출신이 경찰 이야기를 쓴다 생각하면 인상이 찌푸려진다. 8년간의 경찰관 생활이 나에게 뭘 안겨줬기에 이토록 자기혐오가 심하단 말인가? 그러면서도 아예 경찰청 조직도를 뽑아 이번엔 어느 부서 이야기를 다뤄볼까 고민하고 있으니, 나는 참 경찰이라는 조직과 애증의 관계가 아닐 수 없다. 첫 책 『경찰관속으로』부터 경찰이 국민들에게 보다 더 사랑받기를, 경찰에게 주어지는 이해와 관용이 한 움큼이라도 커지길 바라는 마음으로 썼지만 정작 경찰관으로 일을 하는 내내 불만이 끊이질 않았다. 말이 애증이지 '증'의 비율이 85퍼센트쯤 되는 것 같고 '애'의 비율은 15퍼센트 정도에 불과하다. 15퍼센트일지언정 대다수 국민들보단 내가 더 경찰을 응원하는 건 분명한 사실이다.

　이제는 좀 뻔하면 어떠냐 싶다. 세상살이가 참 복잡하고 무엇 하나 예측할 수 없는데, 뻔한 글이나 이야기가 존재하면 또 어떤가. 그리고 아는 맛이 맛있다고, 유명한 이야기는 대부분 비슷한 느낌으로 재밌는 법이다. 이번 책으로 나도 그 선상에 발가락 하나라도 얹을 수 있다면 바랄 게 없겠다.

　2024년 12월 3일, 친구와 함께 역전할머니맥주에서 노닥거리는데 휴대폰 메신저 알림이 거듭 울리기 시작했다. 계엄령이 선포되었다는 소식이 맥주 거품처럼 순식간에 쏟아졌다. 내가 맥주 몇 잔에 취할 사람이 아닌데. 이게 무슨 상황인지 알 수 없어 고개를 든 순간 내부의 모든 테이블에서 계엄이란 단어가 도돌이표처럼 돌아다녔다. 마치 그 단어가 살아 날뛰기라도 하는 것처럼. 이런 상황에서 역전할머니맥주의 대표 메뉴인 살얼음 맥주와 대롱 과자를 주워 먹는 건 옳지 않다는 판단에 우린 서둘러 집으로 돌아갔다. 하필 당시 위치가 서초구였는데, 머리 위로 헬기가 쉬지 않고 지나갔다. 정말이지 예측할 수 없는 일이었다. 내 인생에 어떻게 이런 사람이 나타났을까, 하루에도 열두 번은 더 감탄하게 만드는 그 친구와 별안간 2024년에 선포된 계엄의 순간에 함께 있게 된 것은 도깨비도 몰랐을 사실이다. 그때부터 좀 뻔하면 어때, 속이 터져라 외치고 다녔던 것 같다. 나쁜 사람은 그에 상응하는 죗값을 받고 선한 이들의 일상은 모두의 마음을 모아 최선을 다해 지키고 만다는 뻔한 이야기. 너무 뻔하게 시작되고 끝나는 하루가 그토록 염원하던 자유의 결과였다니, 어리석은 자는 깨달음도 그만큼 늦는다는 뻔한 교훈까지도 참 간절했었다.

뻔하지 않은 이야기, 어디서도 본 적 없는 아이디어를 고심하면서도 정작 뻔하게 흘러가는 이야기조차 창조하지 못할까 봐 두려움이 덜컥 앞설 때마다, 뻔한 진리를 오래된 유행가처럼 외웠다. 노력은 그 자체로 귀한 것이고 당장 처지를 바꾸진 못해도 인생 전체에 걸쳐 나를 옳은 길로 안내해

줄 거라고. 보통 사람이라면 쉽게 떠올릴 수 있는 평범한 우주의 진리를 진심으로 믿고 싶다고.

누가 날 좀 구원해주길 바랐던, 치기 어린 삶을 살았다. 부유하지 못한 가족과 건강하지 못한 형제, 공부 쪽으론 소질이 없는 스스로의 머리, 남들보다 못생긴 손톱 같은 걸 탓하느라 너무 많은 시간을 허비했다. 지금 돌이켜 생각해보면 내겐 못생긴 손톱이 달린 손으로 투닥투닥 글을 써내는 재주가 있고 부유하진 않아도 화끈하게 싸우고 들썩들썩 화해하는 가족이 있으며 모자란 나를 끝없이 믿어주는 친구가 있었다. 가진 것 하나 없이 서울에 둥지를 틀 때 헐값으로 자신의 방을 내어줬던 사람들에게 지금까지도 독립하지 못하고 신세 지는 주제에 참 투정이 많았다. 온 우주가 나를 구원 중인지도 모르고. 그 우주를 향해, 뻔한 고백을 해본다. 평생 갚으며 살겠다고 말이다. 이 책이 누군가에겐 구원이 될 수 있기를 진심으로 바란다.

파출소를 구원하라

초판 1쇄 인쇄 2025년 4월 21일
초판 1쇄 발행 2025년 4월 28일

지은이 원도
펴낸이 이수철
주 간 하지순
편 집 송규인
디자인 박예진
영업관리 최후신
콘텐츠개발 전강산, 최진영, 하영주
영상콘텐츠기획 김남규
관 리 진호, 황정빈, 전수연

펴낸곳 나무옆의자
출판등록 제396-2013-000037호
주소 (10449) 경기도 고양시 일산동구 호수로 358-39 동문타워1차 703호
전화 02) 790-6630 팩스 02) 718-5752
전자우편 namubench9@naver.com
인스타그램 @namu_bench

© 원도, 2025

ISBN 979-11-6157-223-9 03810